JE VOUDRAIS PAS CREVER

Paru dans Le Livre de Poche :

L'ARRACHE-CŒUR

L'HERBE ROUGE

L'ÉCUME DES JOURS

J'IRAI CRACHER SUR VOS TOMBES

TROUBLE DANS LES ANDAINS

La Pochothèque

ROMANS, NOUVELLES, ŒUVRES DIVERSES

BORIS VIAN

Je voudrais pas crever

Je voudrais pas crever
Lettres au collège de 'Pataphysique
Textes sur la littérature

PRÉFACE ET NOTICES PAR NOËL ARNAUD

FAYARD/PAUVERT

Je voudrais pas crever, recueil de vingt-trois poèmes publié en juin 1962 par Jean-Jacques Pauvert, en même temps que Romans et Nouvelles (réunissant L'Herbe rouge et L'Arrache-Cœur) et près d'un an avant la réédition triomphale de L'Ecume des Jours, a marqué le début de la gloire posthume de Boris Vian.

Une seule des pièces fut écrite à la fin de la vie de Boris, celle qui s'intitule, d'après le vers initial du poème (sans titre dans le manuscrit), Je mourrai d'un cancer de la colonne vertébrale ; *il est légitime qu'elle clôture le recueil que Boris avait constitué lui-même, longtemps avant, et donc sans ce poème des derniers jours.* Je veux une vie en forme d'arête *est l'unique texte daté de la main de Boris : il est du 5 décembre 1952, mais nous savons que presque tous les autres sont aussi de ces années-là, 1951-1952, années sombres pour Boris qui vient de quitter sa femme Michelle, vit difficilement de traductions, subit les assauts du fisc tentant de lui arracher des impôts anciens assez considérables alors qu'il n'a plus un sou, habite un minuscule logis au dernier étage du 8, boulevard de Clichy, reste un condamné en instance d'appel dans le procès de* J'irai cracher sur vos tombes, *n'obtient aucun succès avec son roman* L'Herbe rouge, *d'ailleurs à peine diffusé par un éditeur chancelant, essuie le refus de Gallimard pour* L'Arrache-Cœur *et s'interroge, tel Wolf de* L'Herbe rouge, *sur sa vie, ses* actes, ses sentiments, sur les raisons qu'il a de vivre ou de disparaître. *Les poèmes sonnent en écho à des notes intimes, fort nombreuses, de cette période, en lesquelles Boris se confesse et doute atrocement de tout et de lui-même. S'il est donné d'ôter un peu de banalité à cette expression, Boris a vraiment vécu les poèmes de* Je voudrais pas crever. *Crise grave qu'Ursula Kübler, qu'il épousera en 1953, l'aidera avec patience et discrétion à surmonter.*

Les poèmes réunis dans les trois recueils organisés par Boris Vian sont publiés dans l'ordre qu'il leur avait donné et non à la date de leur écriture. Nous nous sommes efforcés, au contraire, de classer les poèmes inédits dans l'ordre chronologique de leur composition.

Noël ARNAUD.

JE VOUDRAIS PAS CREVER

31 - 10 - 2010

Salut Joe Wood !

Ça me vénèr que tu oses partir,
mais bon, puisque c'est comme ça,
autant faire contre mauvaise fortune
bon cœur ! Alors voici un petit
livre de Boris Vian parce que ce
n'est pas parce que tu rentres en
Angleterre que tu dois oublier
ton français ! Tu devrais même continuer
à l'améliorer. Du coup, j'espère te
voir encore souvent à Paris Joe !
En attendant, j'espère que tu vas
kiffer ta nouvelle vie en coloc,
que le taf va bien marcher, que
tu trouveras l'inspiration et le temps
pour écrire de nouveau et que je
pourrais venir te voir un week-end !
Bref, je te souhaite de réussir
cette nouvelle étape !

A bientôt, Anne-Fleur

JE VOUDRAIS PAS CREVER

Je voudrais pas crever
Avant d'avoir connu
Les chiens noirs du Mexique
Qui dorment sans rêver
Les singes à cul nu
Dévoreurs de tropiques
Les araignées d'argent
Au nid truffé de bulles
Je voudrais pas crever
Sans savoir si la lune
Sous son faux air de thune
A un côté pointu
Si le soleil est froid
Si les quatre saisons
Ne sont vraiment que quatre
Sans avoir essayé
De porter une robe
Sur les grands boulevards
Sans avoir regardé
Dans un regard d'égout
Sans avoir mis mon zobe
Dans des coinstots bizarres
Je voudrais pas finir
Sans connaître la lèpre
Ou les sept maladies
Qu'on attrape là-bas
Le bon ni le mauvais

Ne me feraient de peine
Si si si je savais
Que j'en aurai l'étrenne
Et il y a z aussi
Tout ce que je connais
Tout ce que j'apprécie
Que je sais qui me plaît
Le fond vert de la mer
Où valsent les brins d'algue
Sur le sable ondulé
L'herbe grillée de juin
La terre qui craquelle
L'odeur des conifères
Et les baisers de celle
Que ceci que cela
La belle que voilà
Mon Ourson, l'Ursula
Je voudrais pas crever
Avant d'avoir usé
Sa bouche avec ma bouche
Son corps avec mes mains
Le reste avec mes yeux
J'en dis pas plus faut bien
Rester révérencieux
Je voudrais pas mourir
Sans qu'on ait inventé
Les roses éternelles
La journée de deux heures
La mer à la montagne
La montagne à la mer
La fin de la douleur
Les journaux en couleur
Tous les enfants contents
Et tant de trucs encore
Qui dorment dans les crânes
Des géniaux ingénieurs
Des jardiniers joviaux
Des soucieux socialistes

Des urbains urbanistes
Et des pensifs penseurs
Tant de choses à voir
A voir et à z-entendre
Tant de temps à attendre
A chercher dans le noir

Et moi je vois la fin
Qui grouille et qui s'amène
Avec sa gueule moche
Et qui m'ouvre ses bras
De grenouille bancroche

Je voudrais pas crever
Non monsieur non madame
Avant d'avoir tâté
Le goût qui me tourmente
Le goût qu'est le plus fort
Je voudrais pas crever
Avant d'avoir goûté
La saveur de la mort...

POURQUOI QUE JE VIS

Pourquoi que je vis
Pourquoi que je vis
Pour la jambe jaune
D'une femme blonde
Appuyée au mur
Sous le plein soleil
Pour la voile ronde
D'un pointu du port
Pour l'ombre des stores
Le café glacé
Qu'on boit dans un tube
Pour toucher le sable
Voir le fond de l'eau
Qui devient si bleu
Qui descend si bas
Avec les poissons
Les calmes poissons
Ils paissent le fond
Volent au-dessus
Des algues cheveux
Comme zoizeaux lents
Comme zoizeaux bleus
Pourquoi que je vis
Parce que c'est joli.

LA VIE C'EST COMME UNE DENT

La vie, c'est comme une dent
D'abord on y a pas pensé
On s'est contenté de mâcher
Et puis ça se gâte soudain
Ça vous fait mal, et on y tient
Et on la soigne et les soucis
Et pour qu'on soit vraiment guéri
Il faut vous l'arracher, la vie.

Y AVAIT UNE LAMPE DE CUIVRE

Y avait une lampe de cuivre
Qui brûlait depuis des années
Y avait un miroir enchanté
Et l'on y voyait le visage
Le visage que l'on aurait
Sur le lit doré de la mort
Y avait un livre de cuir bleu
Où tenaient le ciel et la terre
L'eau, le feu, les treize mystères
Un sablier filait le temps
Sur son aiguille de poussière
Y avait une lourde serrure
Qui crochait sa dure morsure
A la porte de chêne épais
Fermant la tour à tout jamais
Sur la chambre ronde, la table
La voûte de chaux, la fenêtre
Aux verres enchâssés de plomb
Et les rats grimpaient dans le lierre
Tout autour de la tour de pierre
Où le soleil ne venait plus

C'était vraiment horriblement romantique.

QUAND J'AURAI DU VENT
DANS MON CRÂNE

Quand j'aurai du vent dans mon crâne
Quand j'aurai du vert sur mes osses
P'tête qu'on croira que je ricane
Mais ça sera une impression fosse
Car il me manquera
Mon élément plastique
Plastique tique tique
Qu'auront bouffé les rats
Ma paire de bidules
Mes mollets mes rotules
Mes cuisses et mon cule
Sur quoi je m'asseyois
Mes cheveux mes fistules
Mes jolis yeux cérules
Mes couvre-mandibules
Dont je vous pourléchois
Mon nez considérable
Mon cœur mon foie mon râble
Tous ces riens admirables
Qui m'ont fait apprécier
Des ducs et des duchesses
Des papes des papesses
Des abbés des ânesses
Et des gens du métier
Et puis je n'aurai plus
Ce phosphore un peu mou

Cerveau qui me servit
A me prévoir sans vie
Les osses tout verts, le crâne venteux
Ah comme j'ai mal de devenir vieux.

JE N'AI PLUS TRÈS ENVIE

Je n'ai plus très envie
D'écrire des pohésies
Si c'était comme avant
J'en fairais plus souvent
Mais je me sens bien vieux
Je me sens bien sérieux
Je me sens consciencieux
Je me sens paressieux.

SI J'ÉTAIS POHÉTEÛ

Si j'étais pohéteû
Je serais ivrogneû
J'aurais un nez rougeû
Une grande boîteû
Où j'empilerais
Plus de cent sonnais
Où j'empilerais
Mon nœuvreû complait.

J'AI ACHETÉ DU PAIN DUR

J'ai acheté du pain dur
Pour le mettre sur un mur
Par la barbe Farigoule
Il n'est pas venu de poule
J'en étais bien sûr, maman
J'en étais bien sûr.

Y A DU SOLEIL DANS LA RUE

Y a du soleil dans la rue
J'aime le soleil mais j'aime pas la rue
Alors je reste chez moi
En attendant que le monde vienne
Avec ses tours dorées
Et ses cascades blanches
Avec ses voix de larmes
Et les chansons des gens qui sont gais
Ou qui sont payés pour chanter
Et le soir il vient un moment
Où la rue devient autre chose
Et disparaît sous le plumage
De la nuit pleine de peut-être
Et des rêves de ceux qui sont morts
Alors je descends dans la rue
Elle s'étend là-bas jusqu'à l'aube
Une fumée s'étire tout près
Et je marche au milieu de l'eau sèche
De l'eau rêche de la nuit fraîche
Le soleil reviendra bientôt.

UN HOMME TOUT NU MARCHAIT

Un homme tout nu marchait
L'habit à la main
L'habit à la main
C'est peut-être pas malin
Mais ça me fait rire
L'habit à la main
L'habit à la main
Ah ah ah ah ah ah ah
Un homme tout nu
Un homme tout nu
Qui marchait sur le chemin
Le costume à la main.

J'AI MAL À MA RAPIÈRE

J'ai mal à ma rapière
Mais je l'dirai jamais
J'ai mal à mon bédane
Mais je l'dirai jamais
J'ai mal à mes cardans
J'ai mal à mes graisseurs
J'ai mal à ma badiole
J'ai mal à ma sacoche
Mais je l'dirai jamais, là
Mais je l'dirai jamais.

ILS CASSENT LE MONDE

Ils cassent le monde
En petits morceaux
Ils cassent le monde
A coups de marteau
Mais ça m'est égal
Ça m'est bien égal
Il en reste assez pour moi
Il en reste assez
Il suffit que j'aime
Une plume bleue
Un chemin de sable
Un oiseau peureux
Il suffit que j'aime
Un brin d'herbe mince
Une goutte de rosée
Un grillon de bois
Ils peuvent casser le monde
En petits morceaux
Il en reste assez pour moi
Il en reste assez
J'aurai toujours un peu d'air
Un petit filet de vie
Dans l'œil un peu de lumière
Et le vent dans les orties
Et même, et même
S'ils me mettent en prison
Il en reste assez pour moi

Il en reste assez
Il suffit que j'aime
Cette pierre corrodée
Ces crochets de fer
Où s'attarde un peu de sang
Je l'aime, je l'aime
La planche usée de mon lit
La paillasse et le châlit
La poussière de soleil
J'aime le judas qui s'ouvre
Les hommes qui sont entrés
Qui s'avancent, qui m'emmènent
Retrouver la vie du monde
Et retrouver la couleur
J'aime ces deux longs montants
Ce couteau triangulaire
Ces messieurs vêtus de noir
C'est ma fête et je suis fier
Je l'aime, je l'aime
Ce panier rempli de son
Où je vais poser ma tête
Oh, je l'aime pour de bon
Il suffit que j'aime
Un petit brin d'herbe bleue
Une goutte de rosée
Un amour d'oiseau peureux
Ils cassent le monde
Avec leurs marteaux pesants
Il en reste assez pour moi
Il en reste assez, mon cœur.

UN DE PLUS

Un de plus
Un sans raison
Mais puisque les autres
Se posent les questions des autres
Et leur répondent avec les mots des autres
Que faire d'autre
Que d'écrire, comme les autres
Et d'hésiter
De répéter
Et de chercher
De rechercher
De pas trouver
De s'emmerder
Et de se dire ça sert à rien
Il vaudrait mieux gagner sa vie
Mais ma vie, je l'ai, moi, ma vie
J'ai pas besoin de la gagner
C'est pas un problème du tout
La seule chose qui en soit pas un
C'est tout le reste, les problèmes
Mais ils sont tous déjà posés
Ils se sont tous interrogés
Sur tous les plus petits sujets
Alors moi qu'est-ce qui me reste
Ils ont pris tous les mots commodes
Les beaux mots à faire du verbe

Les écumants, les chauds, les gros
Les cieux, les astres, les lanternes
Et ces brutes molles de vagues
Ragent rongent les rochers rouges
C'est plein de ténèbre et de cris
C'est plein de sang et plein de sexe
Plein de ventouses et de rubis
Alors moi qu'est-ce qui me reste
Faut-il me demander sans bruit
Et sans écrire et sans dormir
Faut-il que je cherche pour moi
Sans le dire, même au concierge
Au nain qui court sous mon plancher
Au papaouteur dans ma poche
Ni au curé de mon tiroir
Faut-il faut-il que je me sonde
Tout seul sans une sœur tourière
Qui vous empoigne la quèquette
Et vous larde comme un gendarme
D'une lance à la vaseline
Faut-il faut-il que je me fourre
Une tige dans les naseaux
Contre une urémie du cerveau
Et que je voie couler mes mots
Ils se sont tous interrogés
Je n'ai plus droit à la parole
Ils ont pris tous les beaux luisants
Ils sont tous installés là-haut
Où c'est la place des poètes
Avec des lyres à pédale
Avec des lyres à vapeur
Avec des lyres à huit socs
Et des Pégase à réacteurs
J'ai pas le plus petit sujet
J'ai plus que les mots les plus plats
Tous les mots cons tous les mollets
J'ai plus que me moi le la les
J'ai plus que du dont qui quoi qu'est-ce

Qu'est, elle et lui, qu'eux nous vous ni
Comment voulez-vous que je fasse
Un poème avec ces mots-là ?
Eh ben tant pis j'en ferai pas.

J'AIMERAIS

J'aimerais
J'aimerais
Devenir un grand poète
Et les gens
Me mettraient
Plein de laurier sur la tête
Mais voilà
Je n'ai pas
Assez de goût pour les livres
Et je songe trop à vivre
Et je pense trop aux gens
Pour être toujours content
De n'écrire que du vent.

DONNEZ LE SI

Donnez le si
Il pousse un if
Faites le tri
Il naît un arbre
Jouez au bridge, et le pont s'ouvre
Engloutissant les canons les soldats
Au fond, au fond affectionné
De la rivière rouge
Ah, oui les Anglais sont bien dangereux.

UN POÈTE

Un poète
C'est un être unique
A des tas d'exemplaires
Qui ne pense qu'en vers
Et n'écrit qu'en musique
Sur des sujets divers
Des rouges ou des verts
Mais toujours magnifiques.

SI LES POÈTES ÉTAIENT MOINS BÊTES

Si les poètes étaient moins bêtes
Et s'ils étaient moins paresseux
Ils rendraient tout le monde heureux
Pour pouvoir s'occuper en paix
De leurs souffrances littéraires
Ils construiraient des maisons jaunes
Avec des grands jardins devant
Et des arbres pleins de zoizeaux
De mirliflûtes et de lizeaux
Des mésongres et des feuvertes
Des plumuches, des picassiettes
Et des petits corbeaux tout rouges
Qui diraient la bonne aventure
Il y aurait de grands jets d'eau
Avec des lumières dedans
Il y aurait deux cents poissons
Depuis le croûsque au ramusson
De la libelle au pépamule
De l'orphie au rara curule
Et de l'avoile au canisson
Il y aurait de l'air tout neuf
Parfumé de l'odeur des feuilles
On mangerait quand on voudrait
Et l'on travaillerait sans hâte
A construire des escaliers
De formes encor jamais vues

Avec des bois veinés de mauve
Lisses comme elle sous les doigts

Mais les poètes sont très bêtes
Ils écrivent pour commencer
Au lieu de s'mettre à travailler
Et ça leur donne des remords
Qu'ils conservent jusqu'à la mort
Ravis d'avoir tellement souffert
On leur donne des grands discours
Et on les oublie en un jour
Mais s'ils étaient moins paresseux
On ne les oublierait qu'en deux.

ELLE SERAIT LÀ, SI LOURDE

Elle serait là, si lourde
Avec son ventre de fer
Et ses volants de laiton
Ses tubes d'eau et de fièvre
Elle courrait sur ses rails
Comme la mort à la guerre
Comme l'ombre dans les yeux
Il y a tant de travail
Tant et tant de coups de lime
Tant de peine et de douleurs
Tant de colère et d'ardeur
Et il y a tant d'années
Tant de visions entassées
De volonté ramassée
De blessures et d'orgueils
Métal arraché au sol
Martyrisé par la flamme
Plié, tourmenté, crevé
Tordu en forme de rêve
Il y a la sueur des âges
Enfermée dans cette cage
Dix et cent mille ans d'attente
Et de gaucherie vaincue
S'il restait
Un oiseau
Et une locomotive
Et moi seul dans le désert

Avec l'oiseau et le chose
Et si l'on disait choisis
Que ferais-je, que ferais-je
Il aurait un bec menu
Comme il sied aux conirostres
Deux boutons brillants aux yeux
Un petit ventre dodu
Je le tiendrais dans ma main
Et son cœur battrait si vite...
Tout autour, la fin du monde
En deux cent douze épisodes
Il aurait des plumes grises
Un peu de rouille au bréchet
Et ses fines pattes sèches
Aiguilles gainées de peau
Allons, que garderez-vous
Car il faut que tout périsse
Mais pour vos loyaux services
On vous laisse conserver
Un unique échantillon
Comotive ou zoizillon
Tout reprendre à son début
Tous ces lourds secrets perdus
Toute science abattue
Si je laisse la machine
Mais ses plumes sont si fines
Et son cœur battrait si vite
Que je garderais l'oiseau.

Y EN A QUI ONT DES TROMPINETTES

Y en a qui ont des trompinettes
Et des bugles
Et des serpents
Y en a qui ont des clarinettes
Et des ophicléides géants
Y en a qu'ont des gros tambours
Bourre Bourre Bourre
Et ran plan plan
Mais moi j'ai qu'un mirliton
Et je mirlitonne
Du soir au matin
Moi je n'ai qu'un mirliton
Mais ça m'est égal si j'en joue bien.

Oui mais voilà, est-ce que j'en joue bien ?

JE VEUX UNE VIE EN FORME D'ARÊTE

Je veux une vie en forme d'arête
Sur une assiette bleue
Je veux une vie en forme de chose
Au fond d'un machin tout seul
Je veux une vie en forme de sable des mains
En forme de pain vert ou de cruche
En forme de savate molle
En forme de faridondaine
De ramoneur ou de lilas
De terre pleine de cailloux
De coiffeur sauvage ou d'édredon fou
Je veux une vie en forme de toi
Et je l'ai, mais ça ne me suffit pas encore
Je ne suis jamais content.

5 décembre 1952

UN JOUR

Un jour
Il y aura autre chose que le jour
Une chose plus franche, que l'on appellera le
                                        [Jodel
Une encore, translucide comme l'arcanson
Que l'on s'enchâssera dans l'œil d'un geste
Il y aura l'auraille, plus cruel   [élégant
Le volutin, plus dégagé
Le comble, moins sempiternel
Le baouf, toujours enneigé
Il y aura le chalamondre
L'ivrunini, le baroïque
Et tout un planté d'analognes
Les heures seront différentes
Pas pareilles, sans résultat
Inutile de fixer maintenant
Le détail précis de tout ça
Une certitude subsiste : un jour
Il y aura autre chose que le jour.

TOUT A ÉTÉ DIT CENT FOIS

Tout a été dit cent fois
Et beaucoup mieux que par moi
Aussi quand j'écris des vers
C'est que ça m'amuse
C'est que ça m'amuse
C'est que ça m'amuse et je vous chie au nez.

JE MOURRAI D'UN CANCER
DE LA COLONNE VERTÉBRALE

Je mourrai d'un cancer de la colonne vertébrale
Ça sera par un soir horrible
Clair, chaud, parfumé, sensuel
Je mourrai d'un pourrissement
De certaines cellules peu connues
Je mourrai d'une jambe arrachée
Par un rat géant jailli d'un trou géant
Je mourrai de cent coupures
Le ciel sera tombé sur moi
Ça se brise comme une vitre lourde
Je mourrai d'un éclat de voix
Crevant mes oreilles
Je mourrai de blessures sourdes
Infligées à deux heures du matin
Par des tueurs indécis et chauves
Je mourrai sans m'apercevoir
Que je meurs, je mourrai
Enseveli sous les ruines sèches
De mille mètres de coton écroulé
Je mourrai noyé dans l'huile de vidange
Foulé aux pieds par des bêtes indifférentes
Et, juste après, par des bêtes différentes
Je mourrai nu, ou vêtu de toile rouge
Ou cousu dans un sac avec des lames de rasoir
Je mourrai peut-être sans m'en faire
Du vernis à ongles aux doigts de pied

Et des larmes plein les mains
Et des larmes plein les mains
Je mourrai quand on décollera
Mes paupières sous un soleil enragé
Quand on me dira lentement
Des méchancetés à l'oreille
Je mourrai de voir torturer des enfants
Et des hommes étonnés et blêmes
Je mourrai rongé vivant
Par des vers, je mourrai les
Mains attachées sous une cascade
Je mourrai brûlé dans un incendie triste
Je mourrai un peu, beaucoup,
Sans passion, mais avec intérêt
Et puis quand tout sera fini
Je mourrai.

LETTRES
AU
COLLÈGE DE 'PATAPHYSIQUE

Sur les relations de Boris Vian avec le Collège de 'Pataphysique, nous ne pouvons que prier le lecteur de se reporter aux *Vies parallèles de Boris Vian* (collection 10-18).

Bornons-nous à dire que ces relations furent intimes, au point qu'un jour, comme on le remerciait de son amitié pour le Collège, Boris s'exclama : « Ce n'est pas de l'amitié, c'est de l'amour » (cité par Latis, *Dossier 7* du Collège de 'Pataphysique). Raymond Queneau, pour sa part, a pu écrire : « Qui fut plus pataphysicien que lui ? » et affirmer que si le Collège n'avait pas été pataphysique, Boris l'eut rendu tel.

Nommé le 22 merdre 79 (8 juin 1952) équarrisseur de 1re classe, en considération des qualités hautement pataphysiques de sa pièce *L'Équarrissage pour tous*, Boris Vian était intégré le 22 palotin 80 (11 mai 1953) dans l'illustre Corps des Satrapes, en même temps qu'il accédait aux fonctions de Promoteur Insigne de l'Ordre de la Grande Gidouille. Il sut montrer envers le collège une sollicitude de tous les instants, participant à ses travaux, l'aidant de cent manières ingénieuses et efficaces. Il nous fut donné d'écrire dans un magazine profane qu'on parlerait peut-être un jour d'une « époque Boris Vian » dans l'histoire du Collège ; cette opinion, que nous pouvions craindre un tantinet audacieuse, a reçu voici peu l'aval quasi officiel du Collège ; la formule rend compte assurément de l'importance qu'eut Boris Vian dans le Collège de 'Pataphysique, de l'importance aussi du Collège pour Boris Vian.

Le Provéditeur-Editeur des *Cahiers du Collège de 'Pataphysique*, créés le 6 avril 1950, devenus en 1957 les *Dossiers*, puis en 1965 les *Subsidia Pataphysica*, est, depuis la fondation de la revue, Henri Robillot, bras droit de Marcel Duhamel à la direction de la Série Noire. Une chaude amitié liait, de longue date, Henri Robillot et Boris Vian.

Jean Mollet, fait baron par la grâce de son ami Guillaume Apollinaire, avait été secrétaire de rédaction du *Festin d'Esope* (1903-1904) et secrétaire des *Soirées de Paris* (1912-1914). Doyen d'âge du Corps des Satrapes, le baron Mollet était élu Vice-Curateur du Collège de 'Pataphysique le 21 palotin 86 (10 mai 1959). Son Acclamation eut lieu le 10 juin 1959, au cours d'une fête grandiose, sur la vaste terrasse que se partageaient au 6 *bis*, cité Véron, au-dessus du Moulin-Rouge, Boris Vian et Jacques Prévert. *La Lettre sur les truqueurs de la guerre* appartient à la guirlande transcendante offerte par les Satrapes du Collège au baron Mollet pour son heureux Avènement. Quand elle parut, le 11 gidouille 86 (25 juin 1959) dans le *Dossier* 7 du Collège, Boris Vian venait de nous quitter (23 juin 1959). Le baron Mollet est mort, à 87 ans, le 9 janvier 1964. On lira avec fruit ses *Mémoires*, préface de Raymond Queneau, Gallimard, 1963.

Les quatre *Lettres* de Boris Vian au Collège de 'Pataphysique sont tenues, par mainte sommité de l'inimitable Institution, pour textes canoniques.

LETTRE AU PROVÉDITEUR-ÉDITEUR
SUR LA SAGESSE DES NATIONS.

Voilà, monsieur, je suis fasciné par les proverbes comme l'oiseau rock par une vestale Besnard. J'ai donc étudié les proverbes de près, c'est-à-dire tout seul ; les documents trahissent, et isolent qui les scrute de leur objet initial. Etant l'émanation de la Sagesse desdites, les proverbes, on peut s'attendre qu'ils nous donneront la clé du monde, et on n'est pas étonné. On l'a. C'est inutile car le monde n'est pas fermé, et satisfaisant car la clé est un bel objet décoratif. Comment on l'a, c'est ce qui suit. Vous y plongerez-vous avec moi ?

Cela me vint ainsi. Tel père, tel fils. Et immédiatement après, à père avare, fils prodigue. Il n'y a pas contradiction, vous le savez comme moi. Il appert (avare) aussitôt que la relation liant le père au fils est du second degré au moins. N'est-ce pas beau ? Et se doutait-on qu'un père pût avoir trois enfants ? Aussitôt d'ailleurs, nous en pouvions déduire un autre proverbe : Les enphants zélés se suivent et ne se ressemblent pas. *Les enphants, nos jours à nous.*

Vous y êtes, monsieur. Vous y êtes. Il y a là-derrière bien plus que l'on ne vous disait. C'est sommaire en apparence. La sagesse des nations est poésie, monsieur ; elle échappe à toute critique. Elle est intuition pure au sens divin, mathémathématique du terme, et par là, se rapproche savoureusement de l'ineptie. C'est dire qu'elle nous permet de recréer le monde. Et si elle semble parfois pécher par omission, si l'on croit que tout n'est pas dit, c'est que l'on n'a rien vu. Vous l'allez vérifier sur un exemple. Un exemple que j'aime assez, celui de la cruche à l'eau. Tant y va-t-elle, dit-on, qu'à la fin, elle se casse. Attendez, monsieur. Ramassez vos membres en boule, et les laisser s'imprégner de fourmis. Que seul votre cerveau ait le droit d'absorber de vos forces vitales. Il en aura besoin.

TANT VA LA CRUCHE À L'EAU
QU'À LA FIN ELLE SE CASSE.

1. TANT

Ce départ, pris dans son brut et comme une proposition physique, entraîne l'usure. Ecartons d'emblée le cas, facile, où la cruche pourrait être bouillante, et l'eau froide ; car il y a *tant* et elle se fût cassée de suite ; car d'autre part, ceci impliquerait la présence d'une casserole pour faire chauffer l'eau, et si l'on dispose d'une casserole, on n'a plus de raisons de mettre l'eau dans la cruche. Reste l'eau ardente des volcans et geysers ; mais les vapeurs de soufre incommodent, monsieur. Il y aurait eu, sans *tant*, le cas inverse de l'eau glacée et de la cruche bouillante, ou même de l'eau glacée solide et de la cruche quelconque — or l'eau glacée solide n'est plus eau, mais glace, et d'ailleurs *la cruche n'irait pas*. Elle ne veut pas patiner. Regardez ce *tant*. *Tant* élimine les états extrêmes du bouillant et du gelé, car *tant*, ce n'est pas assez fort pour la casser chaque fois.

Alors, elle va s'user ?

Est-ce un cas non prévu par l'énoncé et qui l'enta-cherait de ridicule ? Allons, monsieur, nous ne l'eussions pas trouvé si vite. Croyez-vous que l'on puisse disposer d'une cruche assez admirablement ouvrée pour qu'elle s'use si régulièrement que l'on puisse voir, au terme de sa vie de cruche, le soleil à travers, viride comme l'or des batteurs ? Elle se casse, vous dit-on, monsieur. Elle est donc imparfaite. On en déduit l'homme. On niera Dieu, plus tard, la vie aidant.

Non, monsieur, ce *tant* prévoit, implique la pesanteur, le frottement, l'inégalité, et que nous sommes liés au sol par *g*.

C'est aller trop vite ? Prenez cette parenthèse, et me la tenez ouverte.

Supposons montée sur une chaîne sans fin (c'est-à-dire expressément limitée) et fort solide, une cruche fort solide elle aussi, voire virtuelle, qui ne fasse que s'approcher de l'eau, sous vide et sans contact ? Croyez-vous, croyez-vous, monsieur, que la cruche se brisera ? La chaîne — peut-être ; encore peut-on prendre soin de la doubler périodiquement d'une remplaçante.

L'esprit, monsieur, embrasse d'un coup l'énoncé et ne peut se résoudre, comme j'allais le faire, à décomposer en ses membres la proposition entière. Voyez ce qui me chiffonnait. C'est à l'eau. Il n'y a qu'approche et non contact. Encore moins immersion. Seule une implicitation très aventurée, et relevant de la croyance magique, peut permettre de concevoir que la cruche s'y remplisse. Encore se pourrait-il qu'elle fût remplie dès son approche, auquel cas nous serions en droit de disposer instantanément de l'aphorisme, tout aussi valable dans les conditions imprécises de notre observation :

Tant va la cruche à l'eau qu'à la fin il y a davantage d'eau.

C'est aller trop vite en besogne. La vache ne

va-t-elle pas au taureau ? et n'entend-on point par là que ce dernier la pénètre et la remplit ?

La vache va-t-au taureau ; elle en revient pleine. L'eau est le mâle de la cruche.

Je m'égare, monsieur, vous le voyez et ne faites rien pour me retenir. Qui m'empêche alors de déclarer aussitôt :

Tant va la cruche à l'eau qu'à la fin il n'y a plus d'eau ?

Car le mâle, monsieur, voit aussi parfois le fond de ses couilles.

Accessoirement, admirez comme cette dernière affirmation fait plus confiance à l'homme ? Ne faut-il pas voir en effet dans le premier « Tant va la cruche à l'eau qu'à la fin elle se casse » une illustration assez explicite de cette mentalité primitive et panthéiste, qui oppose à la divinité infiniment vaste et omniprésente — fécondante aussi et circulaire — or-bitte — de l'eau, la spatialité réduite et misérable de ce con de cruche, frêle produit de l'industrie humaine, incapable de durer par rapport à cette eau éternelle ?

Encore ceci se fait-il d'une façon incohérente, c'est-à-dire libre, — antihumaine, comme en témoignent les esclaves du Gros. Car dans la minute même que nous supposions cette eau infiniment étendue, nous réduisions la possibilité de bris. S'il n'y a que l'eau — et la cruche, naturellement, il est fort peu probable que celle-ci se brise jamais [1].

Introduisez donc plutôt pour voir, monsieur, sur une étendue d'eau infinie, une cruche en bon état, scellée ou non ; dans le cas d'une scellée, fort longtemps souvent flottera-t-elle, ainsi que ne le prouvent pas [2] les classiques expériences volontaires, ou non préméditées, de bouteilles à la mer. Dans le cas d'une ouverte : si l'eau est agitée, la cruche coule, et,

---

1. A moins de tomber d'une grande hauteur, mais qui l'élèvera ?
2. Car une bouteille n'est pas une cruche.

arrivée au fond, ne risque plus rien ; ou trois mille ans plus tard, peut-être, si quelque cousteau vient à la repêcher. Encore, nous avons supposé un fond où il n'était question que d'eau ; bien plus, monsieur, une cruche de même densité que l'eau ne va pas couler — ni une cruche sans densité dans une eau sans densité...

Je devrais là fermer ma part-en-thèse, car j'ai mon *tant*. Mon *tant* m'a donné la densité, monsieur. Une cruche plus légère que l'eau me relance, car elle flottera, pleine ou pas.

Et l'eau, monsieur, ne sera agitée que si vous le voulez bien. Car ce n'est pas non plus dans l'énoncé, et une eau sans vent et sans marées, sans bords surtout, ne recèle aucun danger pour la cruche ; à moins que la cruche et l'eau ne présentent une affinité chimique naturelle : une cruche en sodium ou en sucre se verra fortement endommagée par l'eau. Y aurait-il là rupture à proprement parler ? la cruche se dissoudrait en l'aigue — ou s'y combinerait...

S'y combinerait. Monsieur, c'est la rupture des molécules. Voilà ce que ça donne cette parenthèse. Souffrez que je la referme, j'ai le vertige. La cruche se casse, monsieur, et voilà la bombe. Voilà les grands hiroshimas qui s'ouvrent à vos pieds. Fermez-la-moi. Et passons à l'ordre. A *va*.

2. VA

(J'allais aborder va, *mais il me vient encore une précaution sous la plume. Rappelez-vous, rappelez-vous bien surtout, que si le problème semble se matérialiser avec une périodicité implicitée par le fait qu'il s'adresse à cette catégorie d'esprits retardataires qui, dédaignant le progrès introduit par l'usage du trans-*

port continu de l'eau au moyen de ces corps creux que l'on nomme canalisations, se confinent à l'emploi de vaisseaux de capacité limitée, munis en général d'anses — ce pourquoi on les baptise cruches — et réalisent ainsi une véhiculation intermittente et imparfaite caractérisée notamment par un retour à vide, source d'une baisse de rendement considérable, c'est pour mieux te manger, mon enfant.)

La cruche *va*. C'est vrai en allemand : *Der Krug geht zum Brunnen bis er bricht.*

(Il faudrait revenir là-dessus, car il y a *bis, jusqu'à*, et non pas *tant*. Il y a une notion de finalité et d'économie, dans le texte allemand, qui s'oppose à la fatalité de *tant*. Mais nous sommes sur *va*, monsieur, je le sais.)

La cruche ne *va* pas à l'eau toute seule ; est-elle grande et portée par un petit âne, ou petite et portée par une souris verte ou un caméléon, encore un point à méditer. Limitons au minimum le nombre des données. Supposons un homme tout nu, une cruche vide, et de l'eau non loin de là. Les difficultés surgissent comme de braguettes explosives ; imaginez encore, monsieur, que tout se passe dans du sable mou. Un homme H, ou Y, muni d'une cruche C, dans du sable mou X, à une certaine distance D de l'eau E. Comment concevoir, dans ces conditions, que la cruche se casse ? L'homme arrivera peut-être, en tombant dessus maladroitement — ou exprès — à la fracasser, l'eau disparaît de l'énoncé (d'ailleurs, c'est possible, car Eau = O). Ou s'il la lance très haut ?

Nous voilà ramenés brutalement à *va*. *Va* est un déplacement plutôt horizontal, en tout cas parallèle au sol. Il y aurait *tombe*.

(Je sais, monsieur, je vois dans votre œil le reflet de l'entorse que j'ai faite au raisonnement — à son honnêteté. Je le reconnais, monsieur. Le sable mou admis, il n'y a, j'en suis d'accord, aucune raison de supposer que l'homme ira chercher de l'eau dans sa cruche. *S'il n'y a que du sable mou*, pourquoi s'installerait-il à la distance D de l'eau E ? D = O, c'est comme s'il n'y avait pas de sable, l'homme s'est établi au bord de l'Eau et *boit* directement sans cruche. Comment s'agirait-il d'autre chose que de boire ? à supposer que ce fût de l'eau de mer qu'il ait été chercher pour cuire des crabes, on eût introduit le feu, le bois (le métaldéhyde, le papier, la tourbe, l'argon ou le reste) et les crabes ; il n'y aurait donc pas eu que le sable mou, ce qui est contraire à l'énoncé ? Il ne peut s'agir non plus de se laver, car on ne se salit pas dans le sable — s'il s'est souillé de ses déjections ? mais alors il aurait mangé et quoi ? — non, il est uniquement permis, monsieur, de supposer qu'il urine, puisqu'il boit ; on conviendra que cet homme supposé debout n'a aucune raison de se pisser sur les pieds ou dans la figure, sinon volontairement, auquel cas c'est un cochon vicieux et il nous intéresse autrement. Donc, l'homme veut boire.)

Comme la cruche *va*, l'eau est en contrebas ou en surplomb. Si elle est en surplomb, il se noie il n'y a plus de problème — d'ailleurs, monsieur, vous savez que si même vous truquez les lois de la capillarité, l'eau ne tiendra pas *comme ça* jusqu'à *la fin*. Non, elle est en contrebas pour justifier la cruche. Il *puise* de l'eau — non, s'il puise, c'est un puits, il y a une margelle ; vraiment, monsieur, vous ne m'aurez pas si facilement. Il plonge la cruche dans l'eau, l'eau copule la cruche, elle remonte pleine...

Elle remontera. Car il y *va* et *va* seulement, je sais ; mais aussi *tant* qui me donne la remontée. Et la cruche ne se brisera *jamais* à la remontée ; qu'il boive et nous fiche la paix, elle se casse quand elle *va*. On vous le dit.

Mais pour *aller*, n'aurait-il pas fallu, cette cruche, qu'elle fût ?

Ah, monsieur, voyez cette merveille : c'est inutile en France. Ici, l'action précède l'existence. En allemand, l'existence précède l'action. C'est net ; je crois, monsieur, qu'il n'y a pas à discuter là-dessus : *Tant va*, début français. Et là-bas : *Der Krug*. Tout le matérialisme teuton est là, monsieur. Toute l'incompatibilité d'humeur de l'essence et de l'existence. Sartre est foutu d'avance : il se heurtait à un mur. C'est en Allemagne, monsieur, que l'existence précède l'action — et l'essence qui en dérive. Pas en français. Tenter d'adapter à notre usage les sophismes d'un Heidegger ? Tâche noble, monsieur, tâche noble car impensable, mais quelle méconnaissance de la 'pataphysique la moins immédiate ! Ici, nous nous affirmons avant que d'exister, nous déclarons les guerres sans armées. Brutes sordides, nos voisins, au préalable, font des canons. Ce n'est pas seulement le Rhin, monsieur, qui nous sépare.

3. LA CRUCHE

Avec quoi l'a-t-on faite ? Elle *n'était* pas là, puisqu'elle *va* d'abord.

Est-ce l'homme, est-ce vous, monsieur, qui l'avez faite ? Est-il sage de supposer qu'elle vient d'ailleurs ? Cette cruche, est-ce Dieu ? Se casserait-il ? Nous tenterons de régler cette question plus loin. Nous voulions la poser de suite pour bien vous prouver que nous pensons à tout. Voyez-vous, monsieur, tout ceci n'est pas simple. La physique est simple ; nous ne nous y intéressons pas, vous voyez maintenant pourquoi.

Revenons à nos données temporaires. Aussi bien nous ont-elles servi à la fabrication de conséquences non sans richesse, et à prouver leur propre absurdité : un homme, du sable mou, une cruche et de l'eau ne suffisent pas à justifier le proverbe. Ou la cruche lui sert à boire et cet homme est un être sophistiqué, car il pourrait boire dans ses mains [1], ou la cruche ne lui sert à rien ; de toute façon, elle ne se cassera pas dans du sable mou. Car *elle n'est pas fragile* puisqu'il y a *Tant*.

Supposons donc le problème — la cruche — résolu — donc anéanti.

Conservons l'homme, le sable mou, l'eau, et ajoutons deux nouvelles notions *au hasard* : le soleil S, et un petit massif argileux A.

L'homme traverse le sable et va regarder l'eau parce qu'il n'a pas grand-chose d'autre à faire, sinon dormir, et il vient de se réveiller. Il ne voit que le sable, l'eau, et n'ayant rien à jeter dans cette dernière que ses pieds, il les y trempe.

a) Le soleil a le temps de lui sécher les pieds avant qu'il ne parvienne en A. Il suffira d'attendre, car les jours se suivent et ne se ressemblent pas.

b) Le soleil n'a pas le temps de lui sécher les pieds [2].

Les pieds humides glissent sur l'argile.

La revanche, les coups de poing à la matière inerte, l'observation des empreintes, et, de fil en aiguille, la maîtrise de ladite matière. Donc l'homme prend de l'argile dans ses mains, et fait des tas de trucs affreux, dont un qu'est creux avec une anse, et qu'il appelle Khrûch ! (Nous avons simplifié par la suite.)

---

1. On peut chercher à justifier aussi la cruche par un mouvement de recul de l'eau qui oblige à la constitution de réserves, mais s'il y a des marées de cette amplitude, c'est de l'eau de mer et ça ne se boit pas, ou alors *ne faut-il pas explorer un peu mieux les Causses ?*
2. Ceci peut également se produire s'il n'y a pas de soleil. On aurait pu fixer la pluie parmi les conditions initiales, supprimer l'eau. L'argile ferait bassin, etc. mais on n'y verrait rien.

Le tout sèche au soleil pendant qu'il dort.

Ainsi, dès maintenant, l'homme a la cruche et possède, en outre, d'autres objets de solidité voisine contre lesquels il est parfaitement possible que se brise n'importe quoi d'analogue.

Le seul élément de distorsion du problème vient de ce que nous avons introduit l'homme, quantité qui ne s'élimine pas d'elle-même au cours des opérations successives, mais qui, au contraire, est susceptible d'éliminer toute autre quantité au moment où on en a le plus besoin. Vous, monsieur, par exemple.

4. À

Fut étudié en parenthèse, et s'il n'est point rétabli ici à sa place, c'est que nous n'y tenons pas. Le Maître de la 'Pataphysique établit d'ailleurs jadis un traité de son double qu'il suffira de diviser par deux pour s'instruire encore assez.

5. L'EAU

Voilà, monsieur, d'où vient toute l'ambiguïté du monde : c'est que l'énoncé contenait à tort ce mot que l'on a pu croire lourd de conséquence. C'est la seule chose inutile là-dedans, l'eau. Le vin eût fait aussi bien l'affaire ; car l'eau seule est incapable, on l'a prouvé, de briser la cruche. L'eau est le prétexte de l'homme pour casser cette cruche qu'il eut tant de mal à faire ; l'eau en soi ne donne jamais que de l'eau : les petits ruisseaux font les grandes rizières.

A bon chat, bon rat — à bonne eau bon dos ou d'eau, ou pluteau, a (de avoir) bonne eau (inversion jolie) bon dos, *excuse*, aqua bona bonum dorsum habet.

Mais je crains, monsieur, que cet épuisement systématiquement incomplet des vertus de notre thème ne vous fatigue l'entendement. Que j'étudie maintenant la fin, et vous allez vous fâcher. Comment me tirer de cette impasse ? Et ne voulez-vous point m'y aider ? Comment vais-je omettre de dire que *j'ai vu des cruches vivantes se suicider ?* Comment ?

Comme ça. A quoi cela revient-il, au fond, la cruche à l'eau ? A exalter les possibilités de l'homme. Il résulte bien, vous l'avez senti, de notre chanson de geste, que toute l'histoire a l'homme pour sujet. C'est à sa maladresse, au bout du compte, que l'on doit le bris de cette cruche, et l'admirable proverbe que nous avons aujourd'hui entre les dents. Et que nous vous proposons de remplacer incontinent par la remarque suivante : *Vide ou pleine, un homme peut toujours casser une cruche.*

Répétons-le : l'eau n'y est pour rien. L'homme, au demeurant, s'en fout bien, parce qu'il peut toujours en fabriquer une autre pourvu qu'il dispose d'argile, de soleil et de talent, éléments simples fort répandus à la surface du coléopterre sur lequel nous citoyons. Et cette élimination de l'eau, inattendue mais prévisible, nous permet bien de regagner les perspectives enthousiasmantes du début, à savoir qu'un homme aura toujours assez de cruches pour venir à bout de l'eau, qu'il pourra avantageusement, à l'occasion, remplacer par le sirop de lune, la vodeca, le pett e-roll, l'aguardiente, le pulque, le raki, le saké, le bayrum, le tequila ou tout autre liquide dont la consommation immodérée constitue la supériorité essentielle de l'humain sur le cruchesque, voire sur le reste de la création, ainsi que le démontre son comportement après l'absorption de ces produits spirituels dus uniquement à son industrie, laquelle outre qu'elle produit des cruches et des proverbes, en fait l'égal d'un Dieu auquel, du reste, nous ne croyons pas. Car nous lui préférons le monde, et avant tout le Monde 'Pataphysique, le seul réglé dans des sens quelconques *au choix*, et qui, *lui*, tourne à la vitesse variable dont naissent les gravités dissemblables par la vertu desquelles nous pouvons, enfin, percevoir l'accélération, le mouvement, le sommeil, la chandeleur et la fumée comme des entités diverses, fructueuses, favorables (s'il fait beau) et dignes, quoi qu'il arrive par la suite, d'être conservées dans la mémoire des hommes jusqu'à ce que, monsieur, vous me direz enfin de m'arrêter, à quoi j'obtempère en restant, vous n'en doutez pas, votre obéissant serviteur.

*Cahier 11 du Collège
de 'Pataphysique
(25 merdre 80 =
11 juin 1953)*

LETTRE AU PROVÉDITEUR-
ÉDITEUR SUR UN
PROBLÈME QUAPITAL
ET QUELQUES AUTRES

Vive le docteur Faustroll

8 haha 82 E. P.

Comprenez-vous, monsieur, je ne suis pas de ceux qui éprouvent l'inepte besoin de penser qu'ils pensent avant que de commencer à. Aussi, c'est sans préavis qu'il m'est venu, subitement, dans mon bain comme Archimerdre, des résultats. Que je me sois trouvé à la minute précise en train de me passer les précieuses au savon (Cashmere Bouquet de Colgate ; le point peut avoir son importance un jour) a sans doute une part dans l'éblouissement qui m'atteignit soudain. Toujours est-il que la chose m'est apparue d'importance et propre à me hausser d'un cran dans votre estime : vous concevrez que nul travail, cette récompense en vue, n'eût paru d'intérêt suffisant pour retarder la mise en graphie de cette méditation.

Le problème est cette fois, monsieur, celui de la couille. (J'aurais pu dire celui de la coquille, mais je cède au goût du sensationnel, vous voyez, c'est un faible bien inoffensif.) De fait, il s'agit d'un problème de conchyliorchidologie (ou d'orchido-conchyliologie, qui me paraît, si plus orthodoxe, moins expéditif ; donc, je garde le premier).

AXIOME

Retirez le Q de la coquille : vous avez la couille, et ceci constitue précisément une coquille.

Je laisse à cet axiome, monsieur, le soin de perforer lui-même, de son bec rotatif à insertions de patacarbure de wolfram, les épaisses membranes dont s'entoure, par mesure de prudence, votre entendement toujours actif. Et je vous assène, le souffle repris, ce corollaire fascinant :

Et ceci est vrai, que la coquille initiale soit une coquille de coquillage ou une coquille d'imprimerie, bien que la coquille obtenue en fin de réaction soit toujours (à moins de marée extrêmement violente) une coquille d'imprimerie en même temps qu'une couille imprimée.

Vous entrevoyez d'un coup, je suppose, les conséquences à peine croyables de cette découverte. La guerre est bien loin.

Partons d'une coquille de coquillage, acarde ou ampullacée, bitestacée ou bivalve, bullée, caniculée ou cataphractée, chambrée, cloisonnée, cucullée... mais je ne vois pas l'intérêt de recopier dans son entier le dictionnaire analogique de Boissière. Bref, partons d'une coquille. La suppression du Q entraîne presque immédiatement la mutation du minéral inerte en un organe vivant et générateur. Et dans le cas d'une coquille initiale d'imprimeur, le résultat est encore plus spectaculaire, car la coquille en question est essence et abstraction, concept, être de raison, noumène. Le Q ôté permet le passage de l'essence à l'existence non seulement existante mais excitable et susceptible de prolongements.

J'aime à croire que parvenu à ce point, vous allez poser votre beau front dans votre main pour imiter l'homme de Rodin — vous conviendrez en passant de la nécessité d'une adéquation des positions aux fonctions, et que vous n'auriez pas l'idée de déféquer à plat ventre sauf caprice. Et vous vous demanderez, monsieur, d'abord, quel est le phénomène qui se produit. Y a-t-il transfert ? Disparition ? Mise en minorité ? ou effacement derrière une partie plus importante, que le trout ? Qui sait ? Qui ? Mais moi, naturellement sans quoi je ne vous écrirais pas. Je ne suis pas de ces brutes malavisées qui soulèvent les problèmes et les laissent retomber sauvagement sur la gueule de leur prochain. Tiens, pourtant, si, en voilà un autre qui me tracasse, et je vous le dis en passant, car le genre épistolaire permet plus de caprice et de primesaut que le genre oratoire ou dissertatif, lequel je ne me sens pas qualifié pour oser aborder ce jour. L'expression : *mettre la dernière main* n'implique-t-elle pas, selon vous, que l'une des deux mains — et laquelle — fut créée avant l'autre par le père Ubu ? La dernière main est souvent la droite ; mais d'aucuns sont-ils pas gauchers ? Ainsi, de la dextre ou de la senestre, laquelle est la plus âgée ? Gageons que ce problème va tenter Madame de Valsenestre à qui, en passant, vous voudrez bien présenter mes hommages. Et revenons à nos roustons.

Eh bien, monsieur, pour résoudre le mystère de l'absence du Q, nous disposons d'un moyen fécond et qui permet généralement de noyer sans douleur la poiscaille en remplaçant un mystère que l'on ne pénètre point par un mystère plus mou, c'est-à-dire non mystérieux et par conséquent inoffensif. C'est la « comparaison », méthode pataphysique s'il en fût. A cet agent d'exécution puissant, nous donnerons l'outil qui lui manque, c'est-à-dire le terme de. Le jargon russe en l'espèce, qui sera notre étalon.

Vous le savez, monsieur, et si vous ne le savez pas, vous n'aurez jamais la sottise de le dire en public, il fut procédé en Russie, n'y a pas si longtemps que nos auteurs ne puissent s'en souvenir, à une réforme dite alphabétique, bien qu'en russe, cela ne se prononce point si facilement. Je vous le concède, cette réforme est à l'origine de la mort de Lénine, de la canonisation de sainte Bernadette et de quelques modifications structurales spécifiquement slaves apportées à un État de structure d'ailleurs imprécise ; nous passerons sur les épiphénomènes mineurs pour n'en conserver que le plus important. La réforme en question supprimait trois des trente-six lettres alors en usage là-bas : le ѳ ou 'fita, le ѵ ou 'izitsa et le Й ou is'kratkoï. Vous me direz que le ѳ fut remplacé par le ф, le ѵ par le И, bon. Mais le Й, simplement, *n'a point été mis au nombre des lettres.* Il en est, évidemment, résulté une regrettable simplification de la langue russe imprimée (écrite à la main aussi, mais de toute façon on ne peut pas la lire). Et ce n'est pas parce que des caractères comme le ѳ venaient du slavon qu'il leur fallait faire prendre la porte. Mais d'ores et déjà, vous voyez comment on peut supprimer le Q : il suffit d'un décret.

La question est de savoir *ce que l'on a fait des lettres supprimées.* Ne parlons même pas de celles à qui l'on en a substitué d'autres. Le problème est singulièrement précis :

Où a-t-on mis les is'kratkoï ?

Vous vous doutez déjà de la suite. Et vous voyez l'origine de certaines rumeurs se découvrir à vos yeux émerveillés d'enfant sage.

D'ailleurs, monsieur, peu importe. Peu importe que l'on ait, *par le passé,* mésusé des lettres ainsi frappées d'interdit. Sans vouloir faire planer le soupçon sur qui que ce soit, je sais bien où l'on risquerait d'en dénicher quelques muids. L'expression « lettre morte » n'est pas née de l'écume de la mer du même nom, vous le savez, monsieur. Les vérités les plus désagréables finissent par transpirer, comme l'eau orange d'un chorizo pendu par les pieds ou la sueur délicate d'un fragment d'Emmenthal qui tourne au translucide. Et les cimetières de lettres sont monnaie courante (sans que l'on ait jamais songé à chrono-métrer cette dernière, ce qui paraît inexcusable en un siècle sportif et ne permet point d'en préciser la vitesse). Nous n'avons pas accoutumé, me direz-vous, de remettre en cause le passé : je sais, et vous savez, que tout y est à refaire. Mais à bien y regarder, on est forcé de constater que c'est sans aucune origi-nalité qu'a été résolu, de notre vivant ou presque, cet ardu problème de l'élimination en masse. Et cela continue. Avant que la merdecine ait eu l'idée de s'adjoindre des fi! syciens et des chie-mistes (ou cague-brouillard, comme disent les anglois) la peste apportait une ingénieuse solution. Et les destruc-tions provoquées parmi la gent corbote et ratière par la chasse, vu l'absence de grenades et de fusées à tête chercheuse, n'étaient point telles que ces bestioles ne fussent à même de procéder hygiéniquement à l'enlèvement des charognes. Il restait les os, que l'on suçait et que l'on perçait pour jouer de la quenia, comme Gaston Leroux l'a soigneusement rapporté dans *L'Épouse du Soleil*. Bref, le professeur Yersin imagina de foutre une canule au cul des poux, et vainquit la peste. Le cancer fait des progrès, mais il abêtit, et déprive le frappé du contact de ses sembla-bles — ou plutôt de ses différents — si utile pourtant. Sur quoi l'Allemagne redécouvre le camp de con-centration déjà utilisé avant et ailleurs (le premier qui l'a inventé, levez le doigt). Le principe était bon : c'est celui du couvent. Mais si l'on sait où ça mène, l'on se refuse à voir où cela pourrait mener.

Vous avez déjà compris qu'en ce moment, loin de

m'égarer, j'arrive à la proposition ferme, concrète et positive. Vous avez vu que, loin de lamenter le révolu, je suggère simplement que l'on améliore. Vous sentez, avec votre grand nez, que si le sort des prisonniers d'autrefois m'indiffère, c'est que la pataphysique va toujours de l'avant puisqu'elle est immobile dans le temps et que le temps, lui, est rétrograde par définition, puisque l'on nomme « direct » celui des aiguilles d'une montre. Et vous voyez que je suis en train de poser les bases du camp de concentration pataphysique, qui est celui de l'avenir.

Grosso modo, une Thélème. Mais une Thélème obligatoire. Une Thélème où tout serait libre, *sauf la liberté*. Il s'agit bien en l'espèce de cette exception exceptionnelle à laquelle se réfère Le Livre. Un lieu où l'on serait contraint de ne pas s'éloigner du bonheur.

Outre que le rendement des divers travaux que l'on pourrait ainsi faire exécuter *librement* aux *détenus* serait excellent — mais sachez que cette considération économique n'a pas un instant pesé sur notre choix plus ni moins que son contraire — le camp de concentration paradisiaque satisferait la tendance religieuse profonde qui sommeille au cœur de tout un tas d'individus non satisfaits de leur vie terrestre — et vous concevez qu'un prisonnier a des raisons de ne pas l'être. Il s'y pourrait, naturellement, faire du vélocipède. Vous pensez bien. Je ne développe pas les mille avantages du projet : je me borne à vous dire que, me désintéressant totalement du sort des is'kratkoï, je propose, par la présente, à votre excellence d'accumuler les Q des coquilles dans les camps ainsi com-binés qui prendraient par exemple le nom de camps de cul-centration, et de récupérer outre les coquilles résultantes et régénérées, les burnes créées de la sorte à partir de rien, ce qui est quelque chose.

Vous ne serez pas sans remarquer que la réaction qui s'établit est assez analogue à celle qui se produirait, selon eux, dans ces breeders autotrophes où se fabrique une espèce de plutonium. Vous prenez la coquille, lui retirez le Q que vous enfermez en liberté, vous obtenez la couille et une nouvelle coquille, et ainsi de suite jusqu'à neuf heures vingt, où un ange passe. Je passe à mon tour sur l'émission de rayons bêta concomitante, d'une part parce qu'elle n'a pas lieu, d'autre part parce que cela ne regarde personne. Que le Q fût en fin de compte bien traité m'importait avant tout, du point de vue moral et parce qu'il est séant de ne point porter atteinte, sauf si l'on se nomme le P. U., à l'intégrité de quelque être que ce soit, (excepté le militaire) vu qu'il peut pêcher à la ligne, boire de l'alcool et s'abonner au *Chasseur français*, ou les trois. Du moins, c'est une des choses que l'on peut dire, et comme elle diffère de tout ce que l'on pourrait dire d'autre, il me semble qu'elle a sa place ici.

> *Cahier n° 19 du Collège*
> *de 'Pataphysique*
> *(4 clinamen 82 =*
> *26 mars 1955)*

Piste-scrotum (1) — Cette lettre vous est personnellement destinée. Néanmoins au cas où elle n'intéresserait aucun autre membre du Collège, il me paraîtrait urgent de la diffuser. Si vous en décidiez ainsi, il me serait à honneur que vous la fissiez coiffer d'un chapeau à la gloire de Stanislas Leczinski, roi polonais, inventeur de la lanterne sourde à éclairer pendant les tintamarres et autres espèces de révolutions, et dont je ne me sens pas la force d'entreprendre la rédaction que j'estime trop au-dessus de mes indignes moyens.

Piste-scrotum (2) — En passant, vous constaterez que le principe de la conservation de ce que vous voudrez en prend un vieux coup dans les tabourets.

LETTRE AU PROVÉDITEUR-
ÉDITEUR SUR
QUELQUES ÉQUATIONS MORALES

Paris le 20 du mois de as 83 E. P.
en la fête de S. Olibrius, augure.

Monsieur,

J'ai tenté depuis des semaines d'apporter au
numéro que vous pressez une contribution valable,
mais la sécheresse glaciale (si l'on ose préciser qu'il
s'agit de glace sèche) de mon esprit n'a d'égale que la
rigidité difforme de mes méandres cérébraux, et
vous concevez que le tourbillon nerveux qui fait la
force ordinaire de mon raisonnement se trouve quelque peu désorienté à suivre ces grandes voies recti-
lignes et désolées ; aussi, je n'ai pu accoucher que de
quelques crottes intellectuelles des plus minables,
encore qu'elles se trouvent rayées en hélice, ce qui
peut surprendre. J'étais sur la voie de découvertes
fructueuses concernant Dieu et son calcul, mais une
équation de base me manque encore ; j'ai, cependant, abordé brusquement, un matin, une venelle
étroite qui me semble pouvoir recéler quelques fruc-
tueux développements. J'inclinerais à croire qu'il
s'agit de morale, et je vais vous proposer telles

quelles mes premières remarques. Il se peut que d'éminents pataphysiciens, moins touchés que moi par le piripipiose de l'hiver, (qui me paralyse, il faut l'avouer) y trouvent un point de départ à quelques exercices scientifiques de bon goût.

C'est encore une fois la Sagesse des Nations que j'ai mise à contribution. Ce réservoir inépuisable de matière pataphysique est une gamelle où je patouille avec une joie toujours neuve, et ma (modeste) découverte de ce jour me fut peut-être soufflée par la vue du chat de la maison (un chartreux écouillé mais fort sympathique) qui me remit sur la piste d'un vieux proverbe désuet, usé jusqu'à l'âme et qui ne semblait plus devoir rendre d'ultérieurs services (est-ce un service qu'il m'a rendu, voilà le point en débat, mais je m'attarde en parenthèses et je vous fais languir, pardon, monsieur).

« *A bon chat bon rat* »

peut donc paraître d'une nouveauté restreinte, mais se prête, vous l'allez voir, à de mirificques transformations. Je revins d'abord à la jarryque conception du rastron et rétablis le chapistron. *A bon chapistron, bon rapistron,* me dis-je (et par suite, *A mauvais chapidem, mauvais rapidem,* mais nous nous bornerons ici à des bouleversements substantifs). Puis, la lumière se fit, (dans les quinze watts, car je ne suis pas riche), et je me dis que l'« *at* » pouvait sans inconvénient être retranché des deux termes de cette sorte d'égalité (il me semble avoir précisé, voire démontré quelque part, que les combinaisons lettriques des mots sont additives ; et l'on omet les signes + pour simplifier une écriture qui sans cela ne manquerait pourtant point de grandeur, mais, monsieur, empêchez-moi donc de digresser comme cela sans cesse, merdre, à la fin !).

Ainsi, mathématiquement, l'égalité

A bon ch bon r

est parfaitement correcte ; et mes quinze watts en firent bientôt vingt-cinq, lorsque je me mis en devoir d'ajouter des quantités égales et positives, imaginaires ou réelles, aux deux termes. Or, voyez ma découverte : il y a là une source quasi infinie de nouveaux proverbes, et malgré mon humilité, je ne puis me retenir de penser que la morale y va trouver son compte. Je vous jette à la gueule quelques exemples.

A bon chien bon rien

Etrange égalité qui fait que le *chien* est au *néant* comme le *chat* est au *rat*. Peut-on en déduire que rien n'existe d'aussi bon que le chien ? C'est là sagesse un peu chinoise à mon goût ; je ne m'aventurerai pas à sonder les conséquences de ce point de vue.

A bon château bon râteau

Cela va de soi, et n'eût pas déplu à la comptesse de Ses Gurres ; a-t-on le droit de poser : à bon râteau, bon jardinier, voilà encore une énigme que les forces me manquent pour la résoudre (en charabia dans le texte original).

A bon chameau bon rameau

ne traduit évidemment que ce fait biologique : le chameau est un herbivore qui broute haut.

A bon chai bon rai

semble plus obscur, à cause de ce rai, justement, de lumière, qui s'y glisse par quelque pertuis. Voici qui va plus avant.

A bon changement bon rangement

En effet, pour modifier l'installation d'une pièce, il faut d'abord la mettre en désordre (par rapport à l'ex-ordre) puis la remettre en ordre (par rapport à ce désordre, le nouvel ordre pouvant être identique à ce désordre ; voyez cela, c'est juste).

A bon chieur, bon rieur

nous ramène au chapitre des torcheculs. Je passe sur les abondantes solutions réelles, et j'attire votre haute attention sur un premier cadeau du sort, toujours mansuet.

Nous pouvons évidemment concevoir une transformation de notre égalité, telle que l'un des deux vocables seulement soit réel ; et nous en déduirons une immense série de mots non pas imaginaires, mais virtuels plutôt, qui existent à l'état latent et voltigent sans bruit autour de nos épais sourcils jaunes. Ce grand planté de vocables va enrichir notre langue d'un tas de possibilités que nous n'aurons garde, pour la plus grande gloire de Faustroll, de laisser échapper.

A bon chapitre, bon rapitre (cf rastron)

A bon chascal, bon rascal

A bon chapin, bon rapin

A bon chapon, bon rapon.

Vous voici déjà en possession de *rapitre*, de *chascal*, de *chapin* et de *rapon*. Avouez que j'ai bossé, hein. Ici, on peut même découvrir des adjectifs ; tel :

A bon chabougri, bon rabougri ou des substantifs encore :

A bon chorizo, bon rorizo

A bon checul, bon recul

A bon choyaume, bon royaume

etc.

Je vous laisse le soin de définir le sens de ces mots nouveaux... d'ailleurs, il va de soi. Vous remarquerez que lorsque l'on égale deux termes non existants, on obtient alors une série de mots que l'on peut dire non plus virtuels mais imaginaires, tels

A bon chul bon rul

A bon chimimoto bon rimimoto

etc., etc.

1. Il s'ensuit de ce qui précède que l'on peut selon de bonnes probabilités faire correspondre *ch* à *r* dans les diverses égalités proverbiales où ils se rencontrent. De proche en proche, il doit y avoir moyen

de transformer et d'enrichir tous les proverbes de ce type :

Tel père, tel fils

(avec *r = ch*, donne : *Tel pêche, tel fils*, etc.)

Chi va piano va sano

qui donne, en ôtant l'ano,

chi va pi... va s...

et *pi = s*

D'où en reportant :

Tel pêche, tel filpi

on pourra ôter le *p* dans les deux termes... mais vous apercevez devant vous l'extraordinaire mine que mon modeste point de départ fait s'entrouvrir devant vos globes oculaires ébahis.

2. Il me semble que l'on doit avoir le droit (et si on ne l'a pas, on le prend) de traiter de la sorte les équations du modèle

Qui vivra verra

(duquel on tire aussitôt : *Quoi invite inerte* (?) ou celles du type *Qui s'y frotte s'y pique* Bref, la moitié au moins du dictionnaire nous manquait jusqu'ici, et comment voulez-vous parler de morale dans ces conditions-là ?

Je vous suis très faustrolliquement acquis.

Cahier 21 du Collège
de 'Pataphysique
(22 sable 83 =
22 décembre 1955)

LETTRE À SA MAGNIFICENCE
LE BARON JEAN MOLLET
VICE-CURATEUR DU COLLÈGE
DE 'PATAPHYSIQUE
SUR LES TRUQUEURS DE LA GUERRE

L'on s'en doutait parfois, comme je ne saurais l'apprendre à Votre Magnificence, mais le doute n'est plus possible ; le moment est venu de le dire au grand jour ; *la guerre est truquée*. Quelle guerre ? Je n'en mets aucune spécialement en cause ; à mon avis, il n'y en a pas encore eu *une bonne*, et l'on verra pourquoi. Il me semble, et c'est tout, utile et urgent d'attirer l'attention des bons citoyens sur le mauvais usage que l'on fait de leurs deniers.

C'est le hasard d'une rencontre qui m'a mis la puce à la cervelle. Obligé, récemment, de laisser au garage mon char à essence (la paresse, je crains) j'eus l'idée, pour gagner le lieu clos où je travaille, dans un silence approximatif, à préparer la mise en conserve de ces aliments spécifiques de l'oreille, les vibrations musicales, j'eus, disais-je, l'idée de prendre l'auto-bus. Il n'était pas fort encombré et c'est ainsi que je trouvai place vis-à-vis d'un homme âgé. Son âge était-il respectable ? Je n'ai pas accoutumé de respecter ou de mépriser ; je choisis plutôt parmi cette gamme de sentiments qui vont de l'amour à la haine en passant par les degrés de l'affection, de l'indifférence et de l'inimitié. Bref, j'étais en face d'un homme de soixante-neuf ans, nombre pour lequel je n'éprouve non plus aucun respect particulier ; il n'est, à tout prendre, qu'un symbole et je n'en suis point, j'en remercie Votre Magnificence, à m'effrayer d'un symbole qui restera, *quelle que soit la force de l'éruption*, sous mon entière domination.

Pour en venir au fait, le revers du veston de ce vieil énantiomorphe de moi-même portait quelques fragments de rubans colorés, noués à la boutonnière ; curieux de nature, je me permis d'en demander l'usage.

— Celui-ci, me dit-on, est la Médaille militaire. L'autre, la Croix de Guerre. Et voici la Légion d'honneur de Lyon. La rosette.

— Je ne vois ni médaille ni croix, observai-je, mais de jolis galons de couleur. Serait-ce qu'il y eut une guerre et que vous...

— Quatorze-Dix-huit, fit-il, me coupant la parole, mais sans insolence.

— Je m'exprime mal, repris-je, seriez-vous *revenu* de la guerre ?

— Sans une égratignure, jeune homme.

La canaille semblait s'en vanter.

— Voulez-vous me dire, poursuivis-je (d'un ton que j'avais quelque peine à modérer), que cette guerre de Quatorze a été mal faite ?

Magnificence, je passe sur la suite de ce colloque. Il devait m'apporter cette triste certitude : oui, on nous trompe ; oui, les guerres sont mal faites ; oui, il y a des survivants parmi les combattants. Oh ! j'imagine que Votre Magnificence va hausser les épaules. Il s'emporte, pensera-t-Elle, avec un léger sourire et ce mouvement du chef que je connais bien. Il se fait des idées... On lui aura monté le bourrichon...

Eh bien non. J'ai fait mon enquête ; elle est concluante. La vérité est affreuse : toute noire avec du rose en plaques ; la voici : à chaque guerre, des milliers de combattants reviennent sains et saufs.

*
* *

Je me garderai d'insister sur le danger psychologique de ce triste état de choses : il est précis, colossal, monstrueux ; *l'individu qui revient d'une guerre a, obligatoirement, plus ou moins l'idée qu'elle n'était pas dangereuse.* Ceci concourt à l'échec de la suivante, et ne fait pas prendre au sérieux les guerres en général. Mais ce ne serait rien. Le combattant qui ne s'est pas fait tuer garde en lui-même une mentalité de raté ; il aura à cœur de compenser cette déficience et contribuera donc à préparer la suivante ; or comment voulez-vous qu'il la prépare bien, puisqu'il s'est tiré de la précédente et que par conséquent, *du point de vue de la guerre*, il est disqualifié ?

Mais je le répète, je ne traînerai pas sur l'aspect intérieur de la chose. Le côté social est plus grave. Voici, Magnificence, ce à quoi l'on utilise l'argent que vous versez ; voilà ce que l'on fait du mien, de nos impôts, de nos efforts. Voilà ce que l'on fait du travail de ces dizaines de milliers de braves ouvriers qui, du matin au soir, d'un bout de l'année à l'autre, s'épuisent à tourner des obus, à fabriquer, au péril de leur vie, des explosifs dangereux dans des établissements pleins de courants d'air, à monter des avions qui, eux non plus, ne devraient pas revenir *mais qui reviennent parfois.* On m'a cité des cas. La vie blesse.

Oh, qu'une bonne partie de la responsabilité de tout ceci incombe à l'ennemi, cela, Magnificence, je n'en disconviens pas. C'est grave, certes. L'ennemi, lui non plus, ne fait pas son devoir. Mais tout de même, reconnaissons que nous essayons de le gêner. Un ennemi un peu aidé nous détruirait jusqu'au dernier. Or, loin de l'aider, nous lui donnons dans le nez de l'arme rouge, de l'arme blanche, du mortier, du canon, de la bombe variée, du napalm ; si parfois, comme en 1940, nous usons d'une tactique neuve, tentant de l'induire à courir très vite pour tomber à la mer, emporté par son élan, reconnaissons que de tels exemples sont rares et qu'en 1940, en tout cas, la technique n'était pas au point puisque *nous n'avons pas sauté dans l'eau les premiers pour l'attirer à notre suite.*

Mais, quoi !... à chaque guerre, le même phénomène navrant se reproduit : on engage, en masse, des amateurs. La guerre, pourtant, ce n'est pas n'importe quoi ; c'est fait pour tuer les gens et ça s'apprend. Or, que se passe-t-il ? Chaque fois, dans les deux camps, au lieu de confier à des mains professionnelles l'infinité de tâches délicates qui concourent à la réussite des belles campagnes, on embauche des milliers de manœuvres non spécialisés et on les fait instruire par des guerriers professionnels âgés ou de grade inférieur, *donc qui ont raté une guerre précédente.* Comment veut-on que l'esprit des recrues — et certaines ne demanderaient pas mieux que de se dévouer à la cause de la guerre — acquière les qualités nécessaires à la réalisation parfaite d'une guerre idéale ? Sans nous y attarder, ne faisons qu'effleurer au passage le terme « mobilisation ». Croyez-vous que le dessein du législateur, en employant ce mot, ait été, justement, d'« immobiliser » les mobilisés dans les casernes ? Pour moi, éclairé que je suis déjà par mes réflexions, la contradiction ne saurait surprendre ; elle procède purement et simplement de l'esprit de sabotage entretenu par les survivants des guerres passées.

Imaginons, par un vol majestueux de l'esprit — et celui de Votre Magnificence a l'envergure apte à ces élans immenses — une guerre réussie. Imaginons une guerre où toutes les munitions sont épuisées, tous les ouvriers à court de matières premières, tous les soldats et tous les chefs abattus — et ceci de part et d'autre, dans les deux camps. Ah, je le sais bien, tel résultat exigerait une minutieuse préparation ; et l'on vous déclare les guerres avec une légèreté, une désinvolture, qui rendent irréalisable cette guerre idéale en vue de laquelle, contre toute espérance, nous continuons — et nous continuerons — de verser notre obole quotidienne. Mais imaginons, Magnificence, imaginons ce combat dont pas un combattant ne réchapperait ! Voilà qui serait résoudre le conflit. Car un problème ne se pose pas, Votre Magnificence sait qu'*on* le pose. Il n'est que de supprimer cet « on ». De même, un conflit sans combattants n'est plus un conflit, et il ne survit jamais à leur disparition.

J'ai vilipendé — non sans raison, Votre Magnificence me l'accordera — les amateurs ; mais le plus triste, c'est que certains professionnels ne font pas leur devoir. Certes, il est inadmissible qu'un mobilisé ordinaire revienne intact du front ; mais c'est qu'on a le tort de mobiliser n'importe qui, et en trop grand nombre. Que Votre Magnificence me donne une armée de cinquante hommes, et je me fais fort de la contrôler ; je lui garantis qu'aucun des cinquante hommes n'en reviendra, dussé-je les abattre de mes mains et sans l'aide de l'ennemi ; mais un million d'hommes, Magnificence... non. Un million, je ne peux plus rien lui garantir. Mais là n'est pas l'argument ; le plus tragique, c'est que des soldats de *carrière* réchappent de la guerre. Jadis, les officiers chargeaient à la tête de leurs troupes ; ils savaient bien, eux, que leur mort était essentielle à la bonne marche de la guerre, grâce au jeu de l'avancement qui plaçait immédiatement le subalterne le plus qualifié au point le plus dangereux, celui où le chef venait de périr. De nos jours, on semble mettre cette notion de base en doute ; on a vu des généraux modernes dépasser cinquante ans et commander leurs forces depuis des P. C. disposés à l'arrière, voire abrités. L'on m'assure, et je suis tout prêt à le croire, que ceci a l'heureux effet d'étendre le champ des opérations et de multiplier ainsi les risques, en allongeant l'attaque adverse ; les avions, me dit-on, sont actuellement assez nombreux pour inonder de bombes des surfaces importantes. Ce raisonnement me semble suspect ; on sait bien, hélas, que certaines bombes manquent leur but, que toutes, malheureusement, n'explosent pas ; que le maladroit et grossier camouflage grâce auquel on tente de mettre en valeur les cibles de choix voit souvent son effet annulé par la malignité de la nature, qui réussit dans certains cas à l'imiter. Pourtant, on conçoit encore, je l'admets, que les professionnels de la guerre, irrités par l'idée de n'avoir que des amateurs à leur disposition, cherchent à s'en débarrasser le plus vite possible en les expédiant à l'avant-garde. Or, ils y rencontrent d'autres amateurs, ennemis, oui mais aussi maladroits qu'eux-mêmes, et le conflit s'éternise comme il le fit, paraît-il, à Verdun voici une quarantaine d'années, ces pauvres gens ne parvenant pas à s'exterminer malgré l'aide intensive de l'artillerie des deux camps. La discussion est délicate ; il y a, sans doute, à déterminer l'ordre dans lequel il faut éliminer les officiers des différents grades pour obtenir de la guerre son rendement maximum. Des chausse-trapes surgissent à chaque pas : par exemple, si un général est adroit, vaut-il mieux qu'il soit tué rapidement ou non ? Le calcul est délicat. S'il est très adroit, il tue ou fait tuer de nombreux ennemis sans perdre trop d'hommes ; mais s'il ne subit pas de grosses pertes, c'est que le général ennemi devant lequel il se trouve n'est pas très adroit ; en ce cas, comment dire du premier qu'il est très adroit, s'il se borne à triompher de maladroits ? et s'il n'est pas très adroit, ne serait-il pas bon — du point de vue de la guerre, toujours — qu'il fût tué rapidement ? Le problème, je le dis, est très épineux et fait intervenir le calcul des probabilités. Naturellement, on peut dire, en gros, qu'il serait bon qu'un général disparût au moment où il a fait un quota déterminé de victimes ; une étude statistique donnerait des chiffres provisoirement acceptables pour le minimum exigible.

Il ne reste pas moins de tout ceci, pour revenir à l'exemple de l'officier chargeant jadis à la tête de ses troupes, que (et c'était le cas) lorsque des professionnels sont en présence, la guerre réussit beaucoup mieux (tout est relatif) que lorsque les amateurs abondent sur le terrain. Un homme, à mon sens, s'est conduit, jadis, à merveille : c'est celui qui, à Fontenoy, lança la phrase, fameuse à juste titre : « *Messieurs les Anglais, tirez les premiers.* » A n'en pas douter, *dans son esprit*, les Français devaient *tirer en même temps* ; c'était la façon de réaliser un carnage maximum : réunir, au point fixe, les troupes, et se fusiller à bout portant. Sans doute trahi par des subordonnés d'esprit lent, cet homme, ce vrai soldat, n'en obtint pas moins un résultat satisfaisant. Depuis, des stratèges improvisés ont inventé la guerre droite, la guerre de mouvement, la guérilla, le harcèlement, le décrochage, le repli sur des positions préparées (oh ! hideux pléonasme) à l'avance, toutes tactiques qui ont l'avantage de gâcher énormément de matériel et de coûter fort cher, mais qui négligent l'essentiel : *la disparition du combattant.*

Votre Magnificence me pardonnera le désordre de ces réflexions que je jette tout à trac, notées comme elles me sont venues ; mon indignation n'a pas laissé à ma pensée le temps de filtrer et de mettre à sa place chacun des éléments qui venaient s'offrir à l'alimenter. Cette lettre part du cœur ; je me suis soudain vu bafoué, volé, floué ; nous n'avons pas les guerres pour lesquelles nous payons, et je ne suis pas content : Votre Magnificence ne niera pas qu'il y avait de quoi.

Qu'on se réveille donc, il est temps encore ; allons contre ce courant dangereux qui nous entraîne vers les gouffres. Qu'on me croie : *le jour où personne ne reviendra d'une guerre, c'est qu'elle aura enfin été bien faite.* Ce jour-là, on s'apercevra que toutes les tentatives avortées jusqu'ici ont été l'œuvre de farceurs. Ce jour-là, on s'apercevra qu'il suffit d'*UNE* guerre pour effacer les préjugés qui s'attachent encore à ce mode de destruction. *Ce jour-là, il sera, à jamais, inutile de recommencer.*

Le 29 sable 86, vacuation de Bombe.

P.-S. — On s'enquiert auprès de moi de la conduite à tenir vis-à-vis de ceux qui reviennent des guerres actuelles. Sachez que cela m'indiffère ; ce sont des guerres falsifiées, il est bien vrai, mais surtout ce ne sont pas *mes* guerres. En bonne logique, on devrait abattre tous ceux qui reviennent intacts et tolérer — pourvu qu'ils se taisent — ceux qui reviennent partiellement morts, mutilés ou blessés. On préférera, évidemment, ceux qui reviennent déprivés de l'usage de la parole, et l'on interdira absolument à tous, quels qu'ils soient, de se targuer du titre « ancien combattant ». Une seule dénomination convient à cette vermine : celle de « ratés de la guerre ».

1er décervelage 86

Dossier 7 du Collège de 'Pataphysique (11 gidouille 86 = 25 juin 1959).

SUR LA LITTÉRATURE
ET LA FONCTION DE L'ÉCRIVAIN

UN ROBOT-POÈTE
NE NOUS FAIT PAS PEUR

Paru dans le numéro du 10-16 avril 1953 de l'hebdoma-daire *Arts*, dont André Parinaud occupait alors le directo-rat, cet article définit à merveille l'attitude de Boris Vian devant la science : intérêt passionné pour toutes les décou-vertes et les plus hardies ; méfiance, angoisse même devant le risque d'une utilisation de ces découvertes à des fins d'oppression et de décapitation de l'individu.

Contradictoire, cette attitude ? Non, parfaitement cohé-rente au contraire. Tout est possible à l'homme et il ne doit rien s'interdire, mais ce tout, cette totalité des possibles ne peut lui être bénéfique que s'il en demeure le souverain maître, si chaque individu reçoit — à mesure qu'elle s'accroît — et conserve — comme son bien propre — toute la connaissance. Il lui faut se refuser au tronçonnage du savoir, à cette atroce amputation qu'on nomme « spéciali-sation » et qui ferait de chaque être réduit à une fonction unique un esclave, un robot et, à la limite, un esclave des robots commandés par un chef qui seul détiendrait la « clé » de leur manipulation.

Cette vision tragique ne cessa de hanter Boris Vian, et il combattit sans trêve l'opinion complaisamment répandue selon laquelle l'homme du XXe siècle se trouverait dans l'impossibilité d'appréhender la totalité des connaissances. C'est dans cet article que se lit la formule si souvent citée : « Sachons tout. L'avenir est à Pic de la Mirandole. »

Dans une nouvelle, *Le Danger des Classiques*, publiée après sa mort (*Bizarre*, n° 32-33 consacré à la littérature illettrée, 1er trimestre 1964), Boris Vian nous a conté l'his-toire d'un robot-poète devenu criminellement lubrique parce qu'on lui a mis « en mémoire » du Paul Géraldy. Cette nouvelle, non datée, aurait pu être contemporaine de l'article d'*Arts* dont elle traite les thèmes sur le mode de l'anticipation mordamment plaisante. Il n'en est rien : elle était écrite en 1950). Comme il est fréquent chez Boris, l'imaginaire avait ouvert la voie à la théorie.

Voilà, mon Parinaud, les dangers de la demi-culture car il vous suffit de lire en un journal du matin que M. Albert Ducrocq a construit un robot-poète pour vous étonner aussitôt. Pourtant, qu'est-ce que ça a d'extraordinaire ? Au siècle dernier, il y avait déjà Victor Hugo. Alors ?

Notez, je ne sais pas du tout comment il marche, le robot à Ducrocq. Mais je sais que depuis les tortues électroniques, et surtout l'électrobidule d'Ashby (ça fait trois jours que je cherche le nom de cet engin, mais contrairement à ce qu'assure Charles Trenet, je me rappelle surtout le nom de l'auteur et pas celui de son invention), on est en droit, et même en devoir de ne plus s'étonner d'une information de ce genre. Il y a maintenant des tas d'appareils qui choisissent divers trucs de référence (obscure pour nous) à des tas d'autres trucs possibles et manifestent de la sorte une espèce de caractère. De liberté, peut-être ; comme vous voudrez ; moi, Parinaud, vous savez, je ne suis pas snob.

Une supposition que le robot d'Albert, au lieu de choisir, comme celui d'Ashby, une résistance qui résolve son problème intérieur (je crois que c'est ça qu'il fait le « ... » d'Ashby, et il y a du Wheatstone dans l'histoire, si je me souviens bien), une supposition, donc, qu'il choisisse des mots dans un coffre à mots qu'on lui aura fourni, et les vocifère d'une grande voix nasale, ou les clame plus discrètement en langage binaire que l'on convertira. Eh bien, si des mots alignés constituent un poème, il sera poète, le robot. Comme Albert est doué pour l'électronique (c'est pas le premier venu, vous savez, Parinaud, il écrit aussi de fort bons livres sans le secours de robots), il a même pu obliger son robot à respecter certaines règles de construction : supposez cette fois que de détestables servitudes électriques imposent à cette pauvre chose de donner d'abord un sujet, puis un verbe, puis un complément à ce moment-là, le robot, il fera les phrases.

Mais enfin, Parinaud, que vous êtes enfant de vous émerveiller de la sorte quand le moindre écrivain fait ça toute la journée ! Vous savez que l'on étudie des machines à traduire. Imaginez qu'on écrive : « Je suis un petit lapin vert » et que l'on traduise en français cette phrase. Remplacez « je » par un autre sujet, « suis » par un autre verbe, « un » par un autre article, et kohétêra. Pour peu que votre tableau de conversion soit astucieux, vous arriverez, je vous jure, à faire la pige à Malcolm de Chazal. Une machine le ferait !

Il y a un point cependant, que vous ne devez pas oublier. C'est qu'il est relativement facile de faire faire ça à un robot, à condition de lui fournir les mots tout faits. Ah ! je vous vois triompher, et vous entends vous exclamer déjà : « Mais c'est Larousse, le poète ! » Tremblez, Parinaud. Si l'on fournissait des lettres au robot, il en ferait aussi volontiers des mots. Ces mots, on ne les comprendrait pas forcément. Et l'ensemble des mots fabricables serait des tas de fois plus complet que le misérable embryon de vocabulaire des lettristes inhibés. On peut même (l'article vous l'indiquait) composer des lettres nouvelles. Le possible d'un robot est immense.

Vous voyez à quoi tout cela mène. Et vous vous sentez inquiet.

Il y a de quoi. Pour nous tirer de là, il importe de donner à ce que nous écrivons un sens extrêmement précis ; car sur le terrain du vague, de l'insolite, du vaporeux, de l'abscons et du rêveur, le robot nous battra à tout coup. Lui, en effet, n'aura aucune des mauvaises raisons que nous impose notre passé de choisir tel ou tel vocable. Lui sera vraiment libre, alors que s'il vient sous notre plume automatique une structure vachement originale, c'est peut-être bien que nous aurons fréquenté Mallarmé ou Jarry, de façon trop intime. Lui épuisera les combinaisons en deux temps et trois mouvements et nous délivrera des textes sans syntaxe, dont il assumera seul la confection.

POUR VOUS RASSURER

Ainsi d'une part, on peut essayer de posséder le robot en étant tout ce qu'il y a de plus rigoureux. D'autre part, on peut tenter de fabriquer d'autres logiques auxquelles il ne pigera rien. Fabriquer d'autres logiques aboutit malheureusement à un (par rapport à l'« ordre » actuel) apparent chaos. Et nous, les hommes, ne connaissons que par ouï-dire la contradiction, ne disposant de la simultanéité, ni de l'identité. Tandis qu'un robot peut avoir vingt synchrones et s'en donner à cœur joie, et ici encore, nous couillonner.

Or, l'ennui de nos deux solutions est qu'elles sont contradictoires, ce dont, je vous le disais, nous ne nous accommodons pas.

Pour vous rassurer un peu, Parinaud, je vais vous rappeler, malgré que j'en aie, la fondamentale. Après tout, le fonctionnement du robot dépendra de ce qu'on aura mis dedans. Et même s'il est libre, c'est qu'on l'aura prévu pour ça. S'il est poète, c'est qu'Albert est fabricant de poètes. N'est-ce pas encore mieux ? Ducrocq, fabricant de poètes. Dire que d'autres se font militaires, ou, un peu plus haut, bouchers.

Je sais que cette lettre vous fatigue, mon bon. Elle est un peu lourde. Le style en est torturé au possible. Pardonnez-moi, car vous en savez la raison : nous ne tenons pas à ce que le premier robot venu se retrouve parmi nos profondes cogitations, et l'ellipse de la forme comme celle du raisonnement est un des moyens de ce résultat. Nous luttons contre des moulins à vian : rendez-vous compte que, tôt ou tard, les robots feront des trucs que nous ne pourrons pas faire. Nous n'avons qu'une chose pour nous : négligeons tout le reste et cultivons, cultivons notre polyvalence. Il y aura des robots-poètes, d'autres cuisiniers, d'autres calculateurs, bon ; mais pour être les trois à la fois, il leur en faudra du volume ! Nous ne sommes pas parfaits, mais très adaptables. Nous pouvons faire l'amour, lire, jouer du piano, nager, et même construire des robots. Nous pouvons cogiter, donc être, et précéder l'essence. Nous pouvons rire. Oh ! Je ne le nie pas, *des* robots riront mieux ; mais sans doute pas *les mêmes*. Le monde est aux mains d'une théorie de crapules qui veulent faire de nous des travailleurs, et des travailleurs spécialisés, encore : refusons, Parinaud. Sachons tout. Sachez ce qu'il y a dans le ventre de ce robot. Soyez un spécialiste de tout. L'avenir est à Pic de la Mirandole. Mirandolez, éclaboussez ce robot-poète de vos connaissances en cybernétique, expliquez-lui comment il marche et vous l'aurez tout humble à votre merci. Pour faire tout ce que vous feriez — *si l'on vous avait bien élevé* — il faudrait qu'il pesât des dizaines de tonnes, le pauvre. Alors laissez-le venir et, d'un ton méprisant, avec un regard de haut, lancez-lui : « Va donc, eh, GROS robot ! »

Pas un être sensible ne résista à ça, et un robot qui veut maigrir est un robot foutu, car il ne s'use pas, comme nous, dans la masse. Il devient faible, s'anémie, mais d'un coup : il se casse ; et s'il se répare lui-même, les crabes aussi. Un dernier conseil : ne vous tourmentez pas. Quand le monde sera plein de robots, quoi de plus facile que d'en inventer un doté, par construction, de la haine de son espèce ? Alors, tous transformés en Nérons aux mains blanches, nous jouerons de la lyre avec une ficelle et une boîte de conserves en regardant flamber à nos pieds les hangars où les robots se tordront dans les braises comme de présomptueuses fourmis, aux accents majestueux d'une chanson composée par un jongleur prodige de deux ans élevé dans les pattes d'une tigresse à l'abri du monde civilisé.

Votre serviteur dévoué :

Boris VIAN.

TENTATIVE DE BROUILLAGE DES CARTES

La Parisienne était une revue littéraire mensuelle que dirigeaient Jacques Laurent et André Parinaud. La plupart de ses animateurs et collaborateurs réguliers ne passaient pas pour de farouches républicains ou des démocrates inébranlables (quand ils étaient républicains ou démocrates), mais c'était une équipe brillante, personne ne pouvait honnêtement le nier. D'eux l'on disait volontiers qu'ils faisaient, ces années-là, pencher la balance du talent du côté de la « droite ». Roger Nimier les représentait bien ou, chez leurs aînés, Jacques Perret. Nonobstant, *La Parisienne* se proclamait libre, et il semble bien qu'elle le fut ; ouverte, et des écrivains de toutes opinions s'y exprimèrent. Boris Vian y collabora plusieurs fois (voir *Textes et Chansons*, collection 10-18) en toute indépendance, bien entendu, et même avec une rare audace. Quelque malice aussi à l'idée de traiter certains sujets sous un éclairage de « gauche » dans une revue réputée réactionnaire. Il retrouvait à *La Parisienne* des écrivains qu'il aimait comme Marcel Aymé ou Jacques Audiberti, des amis comme Lise Deharme on Jean Cocteau.

Raymond Guérin tenait la chronique littéraire de *La Parisienne*. Au temps des Vernon Sullivan, il avait partagé avec Boris l'honneur d'être un des auteurs « scandaleux » des Editions du Scorpion, avec son livre des plus recommandables — *La Main passe*. En 1953, chez Gallimard, il avait publié son roman *Les Poulpes*, troisième volume du cycle « Ebauche d'une mythologie de la réalité » comprenant déjà *L'Apprenti* (1946) et *Parmi tant d'autres feux* (1949). Raymond Guérin est mort le 12 septembre 1955, laissant une œuvre digne en tous points d'être lue.

Dans le numéro de janvier 1954 de *La Parisienne*, il s'était beaucoup énervé contre « les adulations de commande..., les mêmes los à l'intention des mêmes pontifes ou autres enfroqués », de Péguy et Bernanos à don Camillo et Char. Son article s'intitulait « Moutons de Panurge ».

Le Petit Monde de Don Camillo de Giovanni Guareschi, et ses suites, connaissait alors un énorme succès. Fort des chiffres astronomiques des ventes, l'éditeur poursuivait le lancement de son produit au moyen de placards publicitaires où seul le nom du héros figurait, celui de l'auteur étant escamoté. Raymond Guérin en était indigné, non qu'il portât particulière estime à Guareschi, loin de là, mais pour le principe. C'était, à ses yeux, un scandale jamais vu. « Après tout, écrivait-il, quand des firmes publicitaires nous vantent les mérites d'un lubrifiant ou d'un dentifrice, prennent-elles la peine de nous rappeler le nom de l'ingénieur qui les inventa ? Non ! Elles nous disent : "Achetez Castrol ou Colgate." Même chose désormais en littérature : *Don Camllio, Don Camillo*... Suffit ! Voilà la marque de fabrique. Voilà le produit qui fait fureur. Et allez donc ! Vous me ferez remarquer très justement que ça n'empêche pas M. Guareschi (oui, c'est le nom de l'auteur, vous pourriez l'avoir oublié) d'empocher les millions. Car c'est toujours la même grande putasserie. On fait dans le bouquin comme on ferait dans le savon ou le biscuit, l'anchois ou la brillantine... » Et Raymond Guérin de pester contre les moutons de Panurge, qui se contaminant mutuellement, ne savent même plus ce que *lire* veut dire ou lisent des livres qui n'ont plus de livres que le nom.

« Nous autres, littérateurs ou lecteurs experts, écrivait-il encore, dans nos milieux, nos cercles, nos chapelles, nos parlotes ou nos revues, nous jugeons, apprécions, classons, cotons ou codifions, sérions ou dosons, couronnons ou condamnons et nous figurons que le public nous suit. Mais le public n'a que faire de nos avis. Mais le public nous ignore. Avons-nous jamais réussi à lui imposer un écrivain que nous estimons ? [...] Le public passe outre, suit son mauvais goût et vous le voyez, ce nigaud, s'emberloquer à chaque instant, contre vents et marées, en faveur de quelque clown ou quelque histrion des lettres... » Et ces lecteurs ignorants ont l'outrecuidance de trancher du bon et du mauvais. Sous prétexte qu'ils paient les marchandises imprimées, ils s'arrogent le droit de juger. Raymond Guérin en étouffe de rage. Lui, et « nous autres, écrivains » nous n'oserions jamais contester la compétence d'un chirurgien ni celle de notre cordonnier. Ces gens-là (ou Zatopek dans la course à pied) ont acquis des connaissances spéciales et approfondies et possèdent une compétence « devant laquelle nous nous devons incliner ». Mais les lecteurs de mauvaise littérature, ou de littérature gonflée par la publicité, les moutons de Panurge, prétendent discuter de littérature bien mieux que les littérateurs eux-mêmes, alors qu'ils n'y comprennent rien et qu'il ne leur vient même pas à l'idée de chercher à s'initier.

Le découpage en huit « points » du texte de Boris Vian qu'on va lire maintenant est la parodie d'une méthode (en cinq « points ») dont avait usé Raymond Guérin dans une prédécente chronique de *La Parisienne* (décembre 1953) où, déjà, avec même verve et virulence, il s'en prenait aux fausses valeurs et aux gloires truquées.

Ces quelques citations et ces précisions étaient, croyons-nous, nécessaires pour comprendre pleinement le texte de Boris Vian, qui se voulait une réponse à Raymond Guérin.

Nos plus jeunes lecteurs doivent savoir encore que *Garap* fut une magnifique entreprise publicitaire en faveur de la publicité. Un matin, très précisément le 26 octobre 1953, Paris se réveilla couvert d'immenses affiches portant ce seul mot *Garap*. Les wagons du métro, les autobus répétaient partout et sans cesse *Garap, Garap, Garap*. Tous les journaux de Paris et de province, quotidiens et hebdomadaires, publiaient l'annonce mystérieuse *Garap*. Des films étaient projetés aux entractes dans trois cents salles de cinéma. Et chacun de s'interroger : Qu'est-ce que *Garap* ? Une nouvelle voiture ? Une nouvelle lessive ? Un nouveau soutien-gorge ? La réponse vint le 1er novembre : *Garap* — que tout le monde désormais connaissait, *Garap* — qui nous envahissait, qui hantait nos jours et nos nuits, *Garap* n'était rien. Les agences de publicité avaient, à l'occasion de leur « Semaine mondiale », monté toute cette opération, au demeurant fort coûteuse, pour convaincre le public qu'il devait accorder sa confiance aux produits qui font de la publicité !

Tentative de brouillage des cartes nous est parvenu sous la forme d'un manuscrit de premier jet. Ce texte important demeurait jusqu'à présent inédit.

Il y a, mon cher Guérin, dans votre dernière chronique, un certain nombre d'affirmations ou de confusions si dangereuses qu'elles m'ont, d'abord, réjoui, car il est excellent d'ajouter au désordre des esprits en ce qui concerne la littérature ; clairement définie (il suffirait de quelques pages), elle perdrait tout son charme ; aussi me garderai-je bien de les relever toutes ; mais il est plusieurs points sur lesquels je suis, vous me le pardonnerez, en désaccord total avec vous, c'est d'abord Panurge, et cette méchanceté acérée que vous manifestez à l'égard du public qui se permet de juger sans rien y connaître.

Là, Raymond, vous allez fort. Et je crois que le mal vient de ce que vous n'avez pas les idées claires sur un détail au moins du problème.

Premier point.

Permettez-moi, pour mon premier point, une comparaison. Procédé dangereux, mais qui peut aider à discerner dans un ensemble mal exploré des traits plus aisément repérés dans un autre ensemble mieux connu, auquel, par exemple, on ne se trouve pas soi-même mêlé.

La Régie Renault. Voilà. On va comparer littérature et Régie Renault, ceci pris non au sens financier ou légal du terme, mais comme cette somme d'usines, de gens et de matières qui sort des voitures (ignobles d'ailleurs, car la 4 CV est trop petite et la Frégate trop bruyante et molle, mais là n'est pas la question ; je vous signale en entrant que je n'ai rien contre Renault ; la deux-pattes d'avant 1914 était un admirable modèle, et la Reinastella, complétée de roues en fil d'acier et de freins, m'eût encore satisfait).

A la Régie Renault, y a des gens qui font, donc, des voitures.

Est-ce qu'ils empêchent le public de donner son avis sur ces voitures ? Non. Et je voudrais voir l'affreux hurlement que vous, Guérin, pousseriez, si l'on vous interdisait de manifester vos réactions lorsqu'un trait d'une voiture, d'une année, d'une marque, vous paraît mal conçu. Vous dites (car vous êtes grand) : la Dyna Junior, impossible d'y tenir assis sans crever la capote avec sa tête. La 4 CV, derrière, pas moyen de mettre ses jambes. La traction, ça consomme trop, et c'est mal suspendu à l'arrière. Ou les compliments : la Talbot, c'est la voiture la moins chère du marché. La Cadillac, ça se gare sous une tente de camping. Pour enfant. Etc., etc.

A la Régie Renault, d'un bout sortent des voitures ! Que vous, Raymond, jugez avec une sévérité extrême (on suppose). Mais qui les a fabriquées, ces voitures ? Vous n'injuriez pas les ouvriers. Vous savez que ce ne sont pas non plus les typographes qui sont responsables du texte de Guareschi. Vous dites « Renault » mais si vous déculottiez un peu votre pensée, vous iriez au fond des choses. Vous concentreriez vos foudres sur le bureau d'études, d'une part, et sur la direction technique d'autre part ; le premier parce que c'est peut-être lui qui a fait la gaffe, la seconde parce qu'elle l'a laissé passer. Ou sur la direction commerciale, dont les exigences ont entraîné les deux autres à faire des concessions, des sacrifices. (A votre place, Raymond, je m'acharnerais sur la direction commerciale ; cela correspond à l'éditeur, alors vous pensez !)

Bref — ne nous égarons pas — vous rendriez finalement responsable quelqu'un. Et quand vous assurez : « Nous autres écrivains, n'oserions jamais dire à un chirurgien : « Quoi, c'est ainsi que vous maniez le bistouri ? mais vous êtes le dernier des maladroits ! », Raymond, vous attigez, si j'ose être plébéien. A supposer que ce chirurgien vous laisse une paire de pinces à forcipressure (et je n'ai pas le Larousse médical !) dans l'abdomen au terme d'une opération de l'appendicite, vous pourriez dire au chirurgien, de ma part, que c'est un foutu chirurgien. Et ça arrive, fichtre oui. Mon frère, tenez, quand il était petit, on lui a enlevé les amygdales. Un grand totorino. Moulonguet, il s'appelait. Ça m'a frappé. Moulonguet, il lui a coupé la moitié de la luette, à mon frère. (Bubu, pas Alain ; Alain, c'est le seul qui les ait encore, je ne sais pas si ça lui sert.) Eh bien, Moulonguet avait travaillé comme un sabot.

Donc, premier point de ce discours, Raymond Guérin, vous avez très exactement et très parfaitement le droit de critiquer, même si vous ne pratiquez pas l'art dont il est question, et présenté comme ça, vous voyez que vous le saviez très bien. Je vous répète, vous aviez raison de mentir ; mais, entre nous pas de manières, déballons.

La chose, c'est qu'il faut s'instruire. Vous n'imaginez pas comme, en peu de temps, on arrive à savoir très exactement ce que c'est qu'une prise de courant ou une pastille de robinet ; à ce moment, on a parfaitement le droit de dire le mot de Cambronne au plombier qui vous réclame mille balles pour avoir réparé la fuite. Et d'ajouter que s'il possède la compétence voulue, sa façon de la faire fructifier ne nous paraît pas d'un honnête artisan.

N'ayez crainte : en quinze jours, vous saurez ce qu'il faut de cordonnerie pour juger la chaussure. Et le chinois, il y a des traducteurs. Et Picasso, tout ce qu'il ne garde pas dans son armoire, eh bien, on peut en dire ce que l'on en veut. D'ailleurs, il s'en fout. Si un abruti affirme « Je ne comprends pas », qu'est-ce

110

que ça peut faire ? Si on disait, en portant un melon à son oreille, « ça ne sent rien », on serait dans le cas de l'homme qui regarde une peinture en disant « Je ne comprends pas ». On peut comprendre en pensant, voir en regardant, etc., etc. Cet homme, vous le soulignâtes à juste titre, était un pitoyable sire. Mais c'est tout à fait à côté de la question. Nous jugeons des gens qui lisent, tout de même.

Ainsi d'une part vous refusiez de vous initier page 78, et page 79 vous reprochez à d'autres de ne le point faire. Ah ! Ah ! Cela s'explique pourtant.

Deuxième point.

Pour varier, revenons à Renault. Supposez qu'une presse à emboutir des tôles de pavillon, d'un coup, on lui fasse emboutir des casseroles. En quoi est-ce que ça pourrait empêcher le bureau d'études, au même moment, de travailler à une bagnole fantastique 2 m 25 de long, 8 places, 1000 chevaux, 3 litres aux 100, 2 chevaux fiscaux, 4 couchettes, rayon de braquage 10 cm, garage sur un carré de 0,50 x 1,25 m, pneus inusables (d'ailleurs, pas de pneus), direction automatique (vous dites où vous allez) et le prix, sept cents francs payables en trois ans.

Mais ça n'empêchera pas le chroniqueur automobile de *La Parisienne* de s'exclamer : « Il est impossible de rouler dans les casseroles de la Régie Renault. »

Et il aura raison.

(Je sens, cher ami, qu'à ce stade, non seulement vous, mais d'autres lecteurs aurez du mal à suivre les méandres de ma pensée, et comme je vous comprends, mais c'est la conséquence d'un vœu, et je me suis aperçu que lorsque j'écris un article ou une chronique, il me faudrait trois ans pour arriver à la version définitive et ordonnée. C'est une tare, j'ai le mental discontinu. Ponctuel et non pas linéaire. Vous me le pardonnez, je n'ai pas chaque fois trois ans. Pataphysiquement, cela n'a d'ailleurs aucune importance, et je vais m'engager : je vous garantis que tout y est.)

Et pourtant, le bureau d'études est formidable.

Je voulais dire que, malheureusement, une monographie sur les répétitions de verbes dans les textes hottentots de la décadence, une chronique cinématographique de Louis Chauvet, un roman de Raymond Guérin (vous remarquerez que je cite le pire avant le meilleur), une étude cinématique de la marche en reptation raisonnée de Morpio Vespuccii, et tout ça, et les commentaires à tout ça, ça s'imprime et ça se lit sur du papier, c'est en encre et en typographie, en Afnor VII ou en pâte sulfurique dégueulasse, mais *c'est fait pareil*.

Et, nous sommes d'autant moins (dans ce nous, je remets aussi ce « nous autres littérateurs ou lecteurs experts » — cet « expert », j'espère, étant explétif et non louangeux — que vous employâtes in votre chronique de janvier 1954) coupés du public comme vous le craignez, que pour tout ce qui n'est pas *notre* production, (avant de l'écrire, encore), nous ne valons pas mieux, ni moins, que le public.

O l'étrange dualité qu'est la nôtre, et nous pouvons réagir aux réactions des réactions, et voilà, mais c'est, ça a toujours été et ça restera comme ça, c'est ce que l'on appelle généralement le pouvoir d'objectivation du sujet (à caution, croyez-moi).

Or, de quel droit critiquerions-nous mieux ou plus mal que le public l'œuvre d'*un devant qui nous sommes le public*, car si nous connaissons (croyons connaître) les ressorts et machines de nos propres

112

fabrications, nous ne sommes point habilités consé-
quemment à connaître d'office les chevilles et liens
des fabrications d'autrui, sinon par l'étude que nous
en faisons et qui ne nous permet au juste de déceler
que quoi : que la 4 CV est trop petite, etc., couplet
connu, les caractères extérieurs.

Deuxième point, résumons donc :

Vous refusez au public les raisons parfaitement
valables qu'il a de ne pas s'initier, et surtout celle-ci
que tout vient des intermédiaires sous lesquels il est
noyé comme vous-même.

Jamais nous ne saurons d'un roman que ce qu'il
est écrit. Ecrit, premier intermédiaire. Nous, second
intermédiaire. La critique que nous l'*écrivons*, ce que
nous pensons, troisième intermédiaire. Et l'autre qui
la lira, quatrième intermédiaire. Etc.

Relisons assidûment les exercices de traduction en
série de *La Parisienne*. Ça instruit. Vous voyez où on
arrive.

On est trahi par le moyen. Autant de fois qu'on
l'emploie.

Troisième point.

Croyez-vous d'ailleurs que ce public que vous
accusez de ne pas s'initier — c'est-à-dire de ne pas se
spécialiser (dangereux reproche, Raymond) — ne le
soit pas beaucoup plus que vous ne le croyez ?

Quelle erreur est la vôtre. Le malheur, c'est que le
public est parfaitement initié, mais à la littérature de
son choix. Et là, vous n'êtes pas de force.

Les 1 250 000 acheteurs (ça fait bien trois millions
de lecteurs) hebdomadaires de *Nous Deux*, c'est des
drôles de mecs. Des drôles de critiques, mon vieux.
Ils le savent, ce qu'ils veulent. Vous pouvez toujours

essayer de les transgresser, les règles du genre, allez-y, Raymond, faites-en, puisque vous êtes si fort que ça. Vous verrez, si c'est pas détecté en deux temps et trois mouvements. Transfuge. Intrus. Picasso. (Et ils vous en sortiront d'autres, vous savez, c'est pas des gens tellement bien élevés. Enfin, pas comme nous.) Et vous braillez parce qu'« il ne leur viendrait pas l'idée de chercher à s'initier ». Vous êtes froid, vous, alors. La montagne et Mahomet, quoi. Trois millions de types ? Ça serait plus rationnel de *vous* initier, vous. Ou alors qu'on ne parle plus d'initiation (moi, j'étais pas du tout pour).

Au reste, *quatrième point*.

Ainsi est-on toujours le mouton de Panurge de quelqu'un, fût-ce de soi-même. Et c'est ce même péché que vous commettez en neuf pages de *La Parisienne* ce mois de janvier 1954. Vous avez aveuglément suivi Panurge-Guérin, comme Véraldi suit Panurge-Véraldi ou Vian Panurge-Vian. Mais nous, Raymond, on est de petits Panurges. Panurge Del Duca (c'est l'éditeur de *Nous Deux*) ça, c'est un Panurge de choix. Trois millions de moutons foutus à l'eau une fois par semaine. Du rendement. Vous allez me dire, la qualité de la laine. Mais ces moutons-là n'ont pas plus froid que nous, Raymond, et si c'est pour les noyer, hein, ils peuvent bien avoir du coton sur le dos. Hydrophile, même. Ils couleront plus vite, et Del Duca sera ravi. Notez, c'est vrai, nous on nage plus longtemps. Quand même, chacun de nous reste un Panurge d'intérêt local. Guareschi, c'était déjà plus efficace.

Notre troupeau personnel est réduit. Bon. *Cinquième point*, c'est comme ça que nous aurons le Prix Nobel. Vous en 1965, Véraldi en 1987, moi en 2000 (j'attends que tous les gens que je connais soient morts pour ne pas me sentir trop ridicule).

114

Regardez Gide. Gide a eu le Prix Nobel, hein il l'a eu, oui ou non ? Et pourquoi ? Parce qu'il avait très peu de moutons. Il le dit lui-même, c'est dans le journal page 1220 (même des citations — ce mois-ci, je me mouille drôlement) : « Il y a du malentendu dans toute acclamation populaire (du moins tant que le peuple continuera d'être ce qu'il est encore), quelque chose de frelaté, de quoi je ne peux point me satisfaire. »

Gide, Raymond, le grand Gide était content de ne pas avoir trop de moutons. (Et on ne peut pas admettre que le jury *entier* du Nobel soit composé de pédérastes. Ce serait trop beau.) Et vous, vous protestez que les gens ne s'initient point ? Mais ce serait ça, la panurgerie, voyons. Cette énorme contradiction qui traîne dans votre chronique m'a, je l'avoue, ravi, et n'a pas peu fait pour confirmer l'estime que je vous portais déjà (ceci n'est pas une raillerie, prenez-le du fond de mon cœur).

Analysons les raisons qui font cependant que Gide n'est pas un grand écrivain (vous êtes bien d'accord, Raymond, la chronique littéraire, c'est l'occasion de dire des vacheries aux confrères, morts ou vifs, en toute amitié). Voilà Gide, et sa timidité : « J'ai toujours écrit pour ceux qui viendront. Comme j'étais de mauvaise santé et ne pouvais espérer vivre longtemps, j'acceptais de quitter cette terre sans avoir connu le succès. »

Posons d'abord un postulat. Moutons initiaux nous sommes, c'est dit ; mais le succès, c'est bien l'accueil qui répond à notre attente, vous me l'accordez ? Si j'écris un livre pour six millions de lecteurs et s'il tire et se vend au nombre correspondant, c'est le succès. Car si j'écrivais un livre pour « l'élite » et s'il se vendait comme *Nous Deux*, qu'aurais-je fait ? Une erreur. Donc je ne serais pas intelligent. Et si j'étais pas intelligent, je serais pas un grand écrivain. Or je suis un grand écrivain puisque je connais le succès. Malgré toute ma mauvaise foi, vous suivez mon raisonnement, Raymond. Gide s'est trompé. Donc, Gide n'était pas intelligent. Donc, Gide n'est pas un grand écrivain. Mais Daniel-Rops, oui. Puisqu'il écrit *pour* un résultat qu'il obtient. Donc il est intelligent. Donc, c'est un grand écrivain. Mais ce n'est *pas* un grand écrivain. Donc, le succès ne caractérise pas un grand écrivain. Donc, on peut être un grand écrivain sans avoir de succès, mais, malheureusement, on peut aussi être un grand écrivain et avoir du succès, et j'ai écrit vingt lignes de plus pour rien. Cependant, Gide s'est trompé, et on lui a donné le Prix Nobel. Cela nous encourage à continuer. Ce qui reste, c'est la démonstration de ce que le Prix Nobel va aux petits troupeaux.

Sixième point.

L'erreur générale que vous commettez, voilà, il va me falloir encore une comparaison, c'est comme l'énergie. Les formes nobles de l'énergie. Chacun sait qu'une énergie peut se dégrader (si chacun ne le sait pas, tirez vos cahiers de vos serviettes et prenez des notes, s'il vous plaît). L'énergie électrique, par exemple, qui se transforme en chaleur dans un radiateur électrique se dégrade, et on peut déjà en tirer beaucoup moins. On dit qu'elle se dégrade parce qu'il y a de bien meilleures façons de l'utiliser : dans un moteur par exemple (je précise : pas un moteur à essence, un moteur électrique) on obtient un rendement bien supérieur. Combien d'énergies nobles finissent ainsi en chaleur, dissipée (frottements, etc.) comme ça, comme on vieillit. Triste, mais inévitable. Eh bien, le roman et la critique, c'est tout pareil, je veux dire, ça diffère l'un de l'autre à la façon des énergies. Le roman étant une forme de l'énergie, la critique en est une forme dégradée. En conséquence, *aucune critique ne saurait atteindre aucun roman, à moins qu'elle ne soit constituée elle-même sous forme de roman, ce qui la placerait dans le même espace-temps* (j'emploie ce terme d'espace-temps parce que cela fait instruit, mais *sur un même plan* suffirait). Ainsi, prenez une ampoule électrique qui donne, quand elle s'allume, de la lumière et de la chaleur, vous aurez beau la baigner de bien plus de lumière et la poser sur la cuisinière, elle ne fournira pas de courant. Ça s'appelle l'irréversibilité. Carnot a donné de fort belles lumières (pas électriques, plutôt à vapeur) au monde scientifique sur ces questions, que j'évoque en passant pour vous faire profiter de mon érudition quasi encyclopédique (il y a des encyclopédies de toutes les tailles, chose étrange mais vraie).

Par contre, la critique d'une critique s'exerçant dans un domaine commun porte ; d'où l'inutilité, pour elle, des romans. Je n'ai pas dit *du* roman ; on conçoit qu'il en faut au moins un ; mais à la limite, à supposer qu'il n'en reste qu'un, la critique n'en cessera pas moins d'avoir exactement les mêmes possibilités et les mêmes limitations vis-à-vis d'elle-même ; ce sera toujours le même prétexte qui servira. (Tout romancier exerçant l'art critique par intermittence, naturellement, choisirait que survive un de *ses* romans.)

De là vient également qu'engueuler un critique théâtral est un jeu sain, divertissant, et qui *peut* avoir une efficacité, puisqu'il y a possibilité de contact. Par contre, le critique théâtral n'est autorisé à aucune familiarité avec la pièce. Que si certains s'imaginent la critique plus valable que la pièce, et que l'on renverserait aussi bien les termes, l'œuvre étant la forme dégradée de la critique, je leur répondrai que ce n'est généralement pas vrai pour des raisons de temps (le temps est lui aussi irréversible — on le pourrait aisément déduire du principe de Carnot si celui-ci remplaçait le temps, ce qui est possible et prouve que le temps et le principe de Carnot sont, au contraire du roman et de la critique, de la même nature, car ils ne vieillissent ni l'un ni l'autre et ne se dégradent pas en passant de l'un à l'autre). Que ce n'est généralement pas vrai, mais que cela peut arriver : exemple : à supposer que parti d'une critique imaginaire de Borgès un auteur écrive le roman correspondant, c'est le roman qui serait la forme dégradée et la critique la forme noble. D'où nous déduisons ce second théorème : *La critique n'a valeur d'œuvre que lorsqu'elle porte sur un sujet imaginaire.*

Cette conséquence va maintenant nous entraîner fort loin, je m'en excuse, cher Raymond, mais je ne m'y attendais pas et je vous assure que je suis le premier abasourdi des découvertes que je suis en train d'accumuler. Ecoutez donc à quoi l'on aboutit.

Septième point.
Ou le critique est honnête, et *fait* la critique réelle du livre (de la pièce). En ce cas, sa critique ne vaut rien, que dans un domaine inférieur.

Ou le critique est malhonnête, commence son article par « M. Untel affirme que... » ou « on a voulu dire que », etc., et s'embarque là-dessus. Et neuf fois sur dix, sa critique prend valeur d'œuvre, car M. Untel n'a voulu dire cela que dans l'idée du critique, et de fait n'en a jamais prononcé un mot.

Chose étrange, neuf critiques sur dix procèdent de la sorte. Est-ce à dire que ce qu'ils écrivent est intéressant ? Que c'est une œuvre ?

Vous concevez, Raymond, le trouble où cet irrévocable enchaînement de conséquences est en train de me jeter. Et vous vous doutez que je ne vais pas me laisser faire comme cela.

Car, par un tour malheureux de l'esprit de qui se

fait critique, malgré la précaution oratoire du critique de la seconde espèce, l'animal oublie vite son point de départ et ne critique plus que l'auteur de l'œuvre et non pas celle-ci.

Lequel auteur est une forme d'énergie encore plus noble que son œuvre, ce qui met le critique encore plus loin de lui.

(Ça, Raymond, ça va vous satisfaire, je gage, car, ce n'est pas un reproche, vous avez l'orgueil de la profession, mais de plus, l'homme, et un certain homme, est bien le sujet de vos œuvres elles-mêmes.)

*
* *

Mais le vertige m'égare, et me voilà bien loin (et à dessein, selon ce que je viens d'exposer) de mon propos initial.

Je voudrais, avant de prendre congé, et en vous recommandant l'Alka Seltzer plus agréable à prendre que l'aspirine, revenir encore sur un moment de votre chronique. Vous le voyez, elle m'a fait penser, dans la mesure où.

« Avons-nous jamais (nous autres, littérateurs ou lecteurs experts, dites-vous) réussi à imposer un écrivain que nous estimons ? »

Ce qui nous amène au huitième point, critique et publicité...

Vous demandez au critique d'avoir la même efficacité qu'un agent publicitaire ? et ceci avec des méthodes de pure hypocrisie. Mais, Raymond, c'est justement pour cela que je pense mal des critiques, c'est qu'ils font mal leur boulot d'agents publicitaires. C'est une forme archaïque de la publicité, dégénérée et pathologique, la critique, et c'est pour ça que ça vous trouble — mais ce n'en est qu'une toute petite branche, mal partie. Jouhandeau, que vous citez, moi je me charge de vous le lancer aussi facilement que le premier Garap venu. Donnez-moi des sous et je vous en fais vendre cent mille par an, du Jouhandeau. Plus. Seulement voilà. Vous voudriez que ça marche tout seul, justement parce que vous croyez qu'un critique, avec ses méthodes archaïques, battra les méthodes de publicité modernes ? C'est un peu énorme, non ? Encore un métier que vous assurez savoir mieux qu'un spécialiste, tiens ! Le public, il en achèterait de l'Omo, s'il ne savait pas ce que c'est ? Choisissez. La gloire de votre vivant ? Alors, prenez un bon agent de publicité. Vous-même, à la rigueur, mais vous n'avez pas les relations qu'il faut. Ce n'est pas Arland qui imprime les affiches, ce n'est pas Audiberti, ce n'est pas Queneau, ni n'importe lequel de ceux qui vous apprécient mais ne peuvent qu'en écrire. Et pas de travail à moitié. Pas de pudeur. Allez-y. Tous les moyens. Pas cette fausse réticence que l'on sent parfois dans vos chroniques : « Ah, comme vous devriez vous presser de me le dire et de le dire à tout le monde, que je suis un grand écrivain. »

J'exagère, je suis un peu vache avec vous mais je vous assure, il y a un peu de ça dans vos papiers — ça fait parfois manque d'humour. Sacha Guitrysez. Ça marche. Garap. Omo. Persil. Guérin. C'est cher au départ, mais on se retrouve sur la quantité : la Série noire. Etc. Enfin, bon sang, remuez-vous, on n'a rien sans rien. Ou alors, autre face de l'alternative : la gloire qui vient toute seule. La qualité de vos ouvrages n'est pas en doute. Celle des romans de Stendhal non plus. Mais ça, ça prend du temps. Et même quand on l'a à l'ancienneté, la gloire, Racine, Molière, eh bien ça ne tient pas sans publicité. « J'étais seul l'autre soir au Théâtre-Français. » Attendez votre Musset, votre Martineau. Mais si vous choisissez la seconde voie, Raymond, cessez de râler, hein. Cessez d'engueuler le public. Il n'y connaît rien, et il est là pour ça. Et heureusement. La moutarde Maille, produit plus que centenaire et de qualité, vous croyez qu'elle en vendrait, sans publicité ? Et Constant, vous croyez qu'il a gagné la gloire de son vivant ? Moi, je vois des affiches plein Paris. Les POULPES. Pendant un mois, les poulpes. Et puis des poulpes partout, des petits, gluants, en matière synthétique, blancs, rouges, verts, que des mendiants habillés en prisonniers de guerre mettent dans les poches de tous les hommes *blonds* qui prennent le métro. Pourquoi blonds ? Garap. Toujours Garap. Sans raison, c'est ça la raison en publicité. Des poulpes partout ! Un jour, une annonce à la radio : « L'ONM signale : un poulpe géant est émergé ce matin du lit de la Seine. Il se dirige à petite allure le long de la rue de Solférino. » Une attaque à tentacule armé. Dans un taxi. Deux poulpes, avec des vieux souliers, des ossements, un chapeau. Ce qui reste : les POULPES. D'autres affiches. Votre portrait, grand, mince, tanné, le cheveu dru, la lunette ironique. Un harpon à la main. Le lendemain, cent mille affiches. « Les Poulpes, le chef-d'œuvre de Raymond Guérin. » Trois cent mille exemplaires en deux mois. Et j'en passe. Mais Gaston est un peu radin, voilà.

Quand même. Décidez-vous. Daniel-Rops ou Stendhal. Et ne protestez pas contre Char si Char fait mieux sa publicité que vous (ce qui serait plutôt moins estimable, vous le savez bien).

Et ne faites pas de critique. Vous êtes romancier, que diable. On finit toujours par dire des blagues quand on se lance dans un autre métier que le sien.

À preuve.

Amicalement.

Boris VIAN.

Table

LETTRES AU COLLÈGE DE 'PATAPHYSIQUE

SUR LA LITTÉRATURE ET LA FONCTION
DE L'ÉCRIVAIN

Composition réalisée par JOUVE

IMPRIMÉ EN FRANCE PAR BRODARD ET TAUPIN
Usine de La Flèche (Sarthe)
LIBRAIRIE GÉNÉRALE FRANÇAISE - 43, quai de Grenelle - 75015 Paris.
ISBN : 2 - 253 - 14133 - X